Siegfried Binder

Wohin der Wind uns weht

Die Handlungen dieser Erzählungen sowie die darin vorkommenden Personen sind frei erfunden. Eventuelle Ähnlichkeiten mit realen Begebenheiten und tatsächlich lebenden oder bereits verstorbenen Personen wären rein zufällig.

Bibliografische Information der Deutschen Nationalbibliothek
Die Deutsche Nationalbibliothek verzeichnet diese Publikation in der Nationalbibliografie; detaillierte bibliografische Daten sind im Internet http:// dnb.b.- nb.de abrufbar.

(C)2023 Siegfried Binder
TWENTYSIX
Eine Marke der Books on Demand GmbH
Herstellung und Verlag:
BoD – Books on Demand, Norderstedt
Random House 2. Auflage
Satz,Layout: Graphische Betriebe Staats, Lippstadt
Titel: Anegret Gröne: Tanz der Sternenkinder (1983)
ISBN 978-3740-7155-26

MIX
Papier aus verantwortungsvollen Quellen
Paper from responsible sources
FSC® C105338

Du mußt an das Fatum
glauben - dazu kann die
Wissenschaft dich zwingen.

                F.Nietzsche

Wohin der Wind uns weht

Jede Bombe, die in der Nachbarschaft explodierte, erschütterte den Luftschutzkeller. Die Wände schienen zu schwanken und der Boden bebte. Frauen schrien, Kinder weinten, Jugendliche zitterten. Die Alten schlossen mit ihrem Leben ab, beteten oder warteten geduldig auf den Tod. Sie kauerten im Halbdunkel, nur eine Funzel warf flackerndes Licht in den Raum. Die Menschen drückten sich voller Angst und Schrecken an die Wände und suchten Schutz. So auch Anna, die in der Finsternis einen Sohn geboren hatte. Ein Arzt, der vom Bombenangriff überrascht worden war und in diesem Keller sich schützen wollte, untersuchte das Baby. Er teilte der jungen Mutter mit, dass das Baby höchstens zwei oder drei Tage noch zu leben habe
„Der Junge ist gesund und kräftig. Aber er wird verhungern, weil Sie keine Milch haben. Länger hält er es nicht durch."

Anna stellte ihm gereizt die Frage:
„Wovon soll ich die Milch haben, wovon denn? Ich habe in den letzten Wochen nur von Suppe aus Wasser, etwas Mehl und Löwenzahn gelebt. Wovon denn?"
Der Arzt blickte irritiert auf den Boden, machte eine hilflose Geste und murmelte unverständlich:
„Ich habe nur meinen Befund gesagt.
Mehr nicht."
Anna weinte. Bauer Michel, der neben ihr im Bunker saß, hatte das kurze Gespräch mitgehört. Ihn erfasste Mitleid.
„Mädchen, nicht weinen. Für jede Situation gibt es eine Lösung. Wir haben zu Hause zu essen. Nicht viel, aber es reicht. Vor allem, auf dem Lande ist es vor Bomben relativ sicher. Ich habe eine Schwester, die vor Tagen ein Kind tot geboren hat. Meine Schwester hat Milch. Ihre Brüste sind gespannt und sie weint öfter deswegen vor Schmerzen. Ich kenne meine Schwester. Sie wird dein Kind ernähren.
Fragen wir sie, sie wird einverstanden sein."
Anna kullerten Tränen übers Gesicht, als sie stockend sagte:
„Der Vater des Jungen ist im Krieg gefallen.

Soll mein Baby auch noch sterben? Das überlebe ich nicht. Ich danke Ihnen, danke, danke!"

Nach dem Bombenangriff folgte sie mit Kind und wenig Habe dem Bauern Michel zu Fuß vor die Stadt. Der Bauer schritt forsch voran, hielt den Knaben in seinen Armen und sprach mit ihm wie mit einem Erwachsenen.

„Die Zeit vergeht schnell, sie hat auch nichts anderes zu tun. Sie lässt uns Erfindungen, Verbrechen und Torheiten begehen, Glück, Freude, Erfolg und Niederlagen erfahren, Leben und Tod erleiden. Sie schaut unbeteiligt zu, sie ist neutral. So war es immer. Wir aber meinen, auf dem Zenit aller Zeiten zu stehen und begründen es mit dem Fortschritt und neuen Erkenntnissen und begreifen nicht, wie unverändert die Menschen sind. Ja, ihr Mächtigen, ihr befehlt, unsere Freiheit in Asien und unsere Demokratie in aller Welt zu verteidigen. Dazu diene der Krieg, die Menschenwürde zu wahren und verschweigt, den Profit der Konzerne zu vermehren. Aber ihr bringt Leid und Elend über die Menschen, wo ihr doch geschworen habt, Frieden und Wohlstand zu schaffen.

Ihr giert nach Macht und Profit, ich verfluche euch, fahrt in die Hölle und schmort dort abertausend Jahre."

Anna und der Bauer erreichten nach zwei Stunden den kleinen Bauernhof. Die Schwester des Bauern sah den apathischen Kleinen, bat, ihn füttern zu dürfen und legte ihn ohne Worte an ihre Brust. Der Bub trank gierig, rülpste kräftig und schlief ein. Ein Licht schien sich um die beiden Frauen zu legen. Sie schauten sich in die Augen und waren glücklich, was hieß, er wird überleben. Maria, so wurde die Schwester des Bauern Michel genannt, nahm das Kind als eigenes an. Nach vier Wochen stand Anna vor dem Standesbeamten. Der fragte, welchen Namen sie dem Kind gebe. Sie wählte Michel-Maria. Sechs Wochen später heiratete sie den Bauern Michel. Sie willigte aus Dankbarkeit in die Ehe ein, er aus Liebe zu ihr.

Der kleine Michel genoss die Gerechtigkeit auf unserer Erde. Er wurde älter, wuchs und entwickelte sich altersgerecht. Sein Verhältnis zur seiner Amme war innig. Sie liebkoste ihn, spielte mit ihm und schlief mit ihm. Der kleine Michel sprach sie mit Mummy an. Anna gebar zwei weitere Kinder von Michel, ihre Ehe blieb sorgenfrei.

Als Vierjähriger war Michel abends verschwunden. Mummy rief und suchte nach ihm, sie fand ihn nicht. Die Familie und die Nachbarn durchkämmten das Gehöft und die nähere Umgebung. Michel war wie von der Erde verschluckt. Mummy geriet in Panik. Die Polizei wurde alarmiert und fahndete vergebens in einen Umkreis von drei Kilometern.

Mummy wurde von Weinkrämpfen geschüttelt und war nicht mehr ansprechbar. Ein Nachbar öffnete nachts den Schieber des Brotofens, der seit Jahren nicht mehr im Gebrauch war und außerhalb des Wohnhauses errichtet worden war. Da lag der kleine Michel und schlief mit dem Kater Murr im Arm. Er atmete ruhig und war nicht zu wecken. Er schmatzte und aß im Traum wohl sein Lieblingsessen. Ein Reporter fertigte Fotos von diesem friedlichen Bild, Nachbarschaft und Polizei ließen sich nicht diesen Anblick entgehen und lachten befreit, während Kater Murr erschreckt davonrannte. Nur Mummy konnte sich nicht beruhigen.

Sie weinte hemmungslos und konnte später nicht sagen, ob aus Freude oder Schrecken.

Sie trug den schlafenden Jungen ins Bettchen. Das war die einzige Begebenheit des kleinen Michel, die für Aufregung sorgte.

Michel wurde mit sechs Jahren eingeschult, hatte Freunde, war ein durchschnittlicher Schüler, legte das Abitur ab und studierte Medizin. Er ließ sich zum Allgemeinarzt qualifizieren, eröffnete mit 34 Jahren eine eigene Praxis auf dem Lande. Als er das Lesen erlernte, fesselten ihn Abenteuergeschichten.

Er wurde eine Leseratte, versteckte sich, um seiner Leidenschaft zu frönen. Mummy förderte seine Lesewut und schenkte ihm viele Bücher. Er versenkte sich in seine Helden und träumte davon, die Gefahren zu bestehen, denen sie ausgesetzt waren. Er fuhr auf Segelschiffen, trotzte Stürmen, besiegte Piraten, wurde auf Eilande gespült und überlebte, jagte Räuber, kämpfte mit wilden Tieren, bestieg die höchsten Berge, ohne zu verzagen, durchwanderte Wüsten, erforschte die Arktis, floh aus Gefängnissen, entdeckte Schätze, offenbarte Geheimnisse, befreite Gefangene und war stets der Sieger. Er lebte in einer fiktiven Welt und keiner erfuhr davon. Er besaß keine überirdischen Kräfte und war in seiner Fantasie dennoch allen Konkurrenten überlegen.

Zwei Jahre nach seiner Verselbständigung erledigte er nach Feierabend noch Abrechnungen, als an seine Praxistür heftig geklopft wurde. Er dachte, es handle sich um einen Notfall und schloss die Eingangstür auf. Zwei Männer bauten sich vor ihm auf, stießen ihn in den Flur und bedrohten ihn mit einer Pistole.

Einer forderte:

„Geld her!"

Michel war gelähmt vor Schreck und sagte nichts. Der Zweite schlug ihm ins Gesicht und wiederholte:

"Geld her!"

Michel versuchte zu erklären:

„Ich habe kein Geld in der Praxis. Die Patienten zahlen nicht bar, sie legen nur ihre Versicherungsausweis vor."

Die Räuber schauten sich an. Dann ging einer von Schrank zu Schrank, riss alle Schubladen auf und stellte fest:

„Er hat kein Geld hier, er muss sterben, sonst verrät er uns."

Michel war zu Tode erschrocken:

„Nein, nein, ruft meine Mummy an, die wird Euch Geld bringen. Ich bin ihr ein und alles, glaubt mir, ich bin ihr ein und alles, sie wird es tun."

Der Wortführer erklärte:

„Gut, rufe selbst an. Wir brauchen 5000 DM, keine Polizei, keine Tricks, Dein Leben hängt davon ab."

Michel rief Mummy an und schilderte ihr die Situation, in der er sich befand. Mummy war schockiert, verstand zunächst nicht, was vorgefallen war, bis sie das Vorgefallene begriffen hatte. Sie werde das Geld bringen, aber wohin? Michel wusste es selbst nicht und blickte ratlos zu den Räubern. Der Wortführer gab die Anweisung:

„Wir werden Deine Mutter morgen selbst anrufen."

Das Telefonat war kurz und Michel konnte nichts verstehen. Am nächsten Tag nahmen sie Michel in ihre Mitte, hielten die Pistole versteckt auf ihn gerichtet und gerierten sich als Spaziergänger. Sie trafen sich mit Mummy am Bahnhof, kassierten das Geld, die Passanten fassten keinen Verdacht. Nach diesem Erlebnis veränderte sich Mummy. Aus

der lebensfrohen Frau wurde eine lebensmüde Kirchgängerin, man nannte sie fortan nur noch „Die Heilige." Sie saß täglich auf einer Bank vor ihrem Haus und betete:
„Wie lange, Herr, vergisst du mich ganz?
Wie lange noch verbirgst Du dein Gesicht vor mir? Wie lange muss ich Schmerzen ertragen in meiner Seele, in meinem Herzen Kummer ertragen, Tag für Tag? Blick doch her, erhöre mich, Herr, mein Gott, erleuchte meine Augen, damit ich nicht entschlafe und sterbe. Gib mir meinen Michel wieder, behüte ihn, beschütze ihn, er ist mein einziges Kind. Ich baue auf deine Huld, mein Herz soll über deine Hilfe frohlocken." Nach wenigen Kilometern erreichten die Räuber das Versteck im Wald und fesselten Michel an einen Baum. Michel wusste, dass er mit seinen Entführern ins Gespräch kommen musste. Er begann ein Gespräch: „Wie heißt Ihr?"
Die Wegelagerer waren verblüfft. Sie hatten nicht mit einer Konversation gerechnet.
Der Gesprächige antwortete:
„Er ist Iwan, ich bin Gregor."
„Und woher kommt Ihr?"
Der Verstockte blökte ihn an: „Halts Maul!"

Und mit schallendem Gelächter fügte er hinzu:
„Wir sind die Sternenkinder und halten uns im Himmelszelt auf. Wenn unsere Zeit kommt, verglühen wir zur Freude der Menschen als Schweif in weiter Höhe, fallen auf die Erde und werden Räuber. Jetzt weißt Du es."
Der Redselige aber gab bereitwillig Auskunft:
„Wir sind vom Zirkus. Sind ausgerissen. Wir mussten schwer arbeiten, waren Kinder für alles und bekamen kein Geld dafür wie abgemacht. Das Essen war schlecht, ich habe das über Jahre mitgemacht. Man hat uns schlecht behandelt, wie Hunde. Wenn wir etwas falsch machten, gab es Abzüge vom Lohn.
Jetzt wollen wir zurück in die Heimat."
„Wo ist Eure Heimat?"
„Er kommt von Luhansk, ich von Kiew.
Er ist Russe, ich bin Ukrainer."
„Eure Heimat ist sehr weit."
„Ja, das wissen wir. Deshalb brauchen wir das Geld. Ihr verdient es, ihr seid Arzt und habt davon mehr als genug."
„Der Mensch wird von seinem Verstand geleitet. Glaubt Ihr, dass es das Richtige ist, Leute zu überfallen und zu erpressen?"

„Nein, es ist nicht das Richtige.
Aber was sollen wir tun?"
„Ihr habt kein Geld. Und diese Not ist so voller Energie, dass Ihr alles tut, um an Geld zu kommen. Ist es so?"
„Ja, so ist es."
„Nein, so ist es nicht. Nichts existiert aus sich selbst heraus. Trennt Euch von Eurem falschen Konzept. Alles, was existiert, stützt sich auf Ursachen und Bedingungen. Wir Menschen werden dauernd auf etwas Erstrebenswertes in Atem gehalten. Was wir nicht haben, aber dringend haben wollen. So werden wir dauernd frustriert, wollen Geld, ein Auto, ein Haus, Urlaub und Macht. Immer mehr, immer mehr. Die Antriebsfeder ist nicht Gier, was uns antreibt und jagt, es ist das Leiden am Nichthaben. Erkennt Euer Leiden! Haben wir Geld, wollen wir ein Auto, haben wir ein Auto, wollen wir ein Haus und so weiter. Wir leiden unter dem, was wir nicht haben und jagen diesem Phänomen hinterher. Ist das der Sinn unseres Lebens, dieses Leid? Ist das der Inhalt Eures Lebens? Nein, das ist nicht unser gewolltes Leben. Es ist bei dieser Einstellung flach, farblos und unbefriedigend, es ist nicht

substantiell und macht uns unglücklich. Wir haben nie genug, wollen ständig mehr.
Schaut auf die uns umgebende Bäume. Sie besitzen nichts außer ihrem Leben.
Sie streben nach Licht, das heißt sie streben nach Lebendigkeit, Wohlbefinden, Erhabenheit und innerem Wachstum. So sollte der substantielle Mensch sein. Der zufriedene Mensch umgibt sich mit einer Aura von Freude, Liebe und Ausgeglichenheit, ohne etwas außer dem Lebensnotwendigen zu besitzen."
Die Räuber schwiegen, blickten auf die Bäume und einer fragte nach einer Weile im zynischen Ton: „Bist Du ein Philosoph? Ich werde von der Erhabenheit der Bäume in der Tat ergriffen. Du auch?" Der zweite Räuber korrigierte ihn:
„Lass Dich nicht einwickeln, seine Mutter hat uns das Geld gebracht, das wollten wir und nicht ein leeres Geschwätz."
Michel entgegnete:
„Es ist kein Geschwätz und keine Redensart. Entfremdet Euch nicht, werdet was Ihr seid. Kämpft für ein besseres Leben und für eine bessere Welt mit den Mitteln, die Ihr habt."
Die Beiden waren perplex.

„Was sollen wir tun, wir können mit unseren Kräften nichts verändern. Was Du sagst, ist eine utopische Welt, eine Hoffnung und nicht die Realität." Michel überlegte nicht lange. War das seine Chance, die Welt zu erobern und als Held zurückzukehren? Erfüllten sich auf diese Weise seine Kindheitsträume?
„Ich schenke Euch das Geld und werde mit Euch ziehen. Der Wind weht und das Wetter wird unser Leben bestimmen. Die Strecke nach Luhansk und Kiew ist weit, 5ooo DM sind bald aufgebraucht. Ihr müsst Euch das fehlende Geld auf redliche Weise verdienen."
„Willst Du uns verarschen?"
„Nein, ich wollte schon als kleiner Bub fremde Länder und Städte kennenlernen. Es zieht mich noch immer in die Ferne. Was habt Ihr beim Zirkus gemacht?"
„Wir sind Musiker und hatten einen Vertrag, dass wir Akkordeon und Cello vor den Besuchern in einem Orchester spielen. Das lag uns. Wir erzeugten bei den Zuschauern Angst, Sehnsucht, Hoffnung, Friede und Sieg, denn Musik ist etwas, was anspricht, was im Menschen noch stumm ist. Unsere Musik ist geheimnisvolle Transparenz menschlicher

Gefühle, voller Naturgewalt und unendlichem Horizont. Sie bewirkt Betroffenheit und Spannung, Spaß und Lust, überschreitet die Grenzen menschlicher Erfahrung und spiegelt doch die Nähe menschlicher Existenz wider."
Er zeigte auf Iwan.
„Er spielt auf dem Cello, was er ist. Es ist die Klage nach den unerfüllten Träumen.
Die Leute hören ihn, empfinden verdrängte Gefühle und genießen den Urgrund ihrer Menschlichkeit. Ja so dachten wir, doch die Vertragsherren hielten nicht, was sie uns versprochen hatten. Das ist der Grund, weswegen wir den Zirkus heimlich verlassen haben und zurück in die Heimat wollen. Sie müssen wissen, wir sind nicht irgendwelche Musiker, wir sind akademische Musiker. Wir mussten die Tiere füttern, mussten ausmisten, sie striegeln und sie putzen. Wir waren Platzanweiser, Kontrolleure und ganz zuletzt Musiker. Man bürdete uns Lasten auf, die nicht im Vertrag standen. Wir haben uns nach dem Vertragsbruch zwei Monate lang durch die Lande geschlagen, bis uns das Geld ausging. Es war eine mühselige Zeit, es ging uns schlechter als zuvor. Wir hatten kaum zu essen, bettelten,

mussten im Freien übernachten und wussten nicht, wo wir uns befanden. Wir fanden keine Lösung für diese Situation, in die wir uns selbst hineinmanövriert hatten.
Deswegen entschlossen wir uns, andere Menschen zu überfallen, aber nur die Reichen. Du bist unser erstes Opfer und wir werden Dich nicht verschonen, so schön Du auch reden magst. Wir glauben Dir nicht und wir nehmen an, dass Du uns bei günstiger Gelegenheit verraten wirst."
„Nein, ich werde Euch nicht verraten. Ich schlage Euch vor, dass wir ein Bärenfell kaufen. Wir treten damit in Dörfern und in kleinen Städten auf und verdienen uns damit etwas Geld. Ich spiele Saxophon, überlegt Euch, könnten wir nicht eine Band gründen? Übrigens, wo habt Ihr Eure Instrumente?"
„Wir hüten sie wie unsere Augäpfel, sie sind im Gebüsch versteckt."
„Und wo bekommen wir Dein Instrument und das echte Bärenfell her?
Sollen wir uns auslachen lassen? Nein, Dein Vorschlag taugt zu nichts."
„Ich werde der Bär sein und kleine Kunststücke

vorführen. Ich lasse mich gern auslachen und bewundern. Ihr macht die Musik dazu."
Die beiden Räuber entfernten sich, berieten und kamen nach einiger Zeit zurück.
Sie banden ihn vom Baum los.
Der Wortführer drohte:
„Wir sind mit Deinem Vorschlag einverstanden. Aber Du Narr, spiele kein falsches Spiel, denn davon hängt Dein Leben ab. Wir sind achtsam, wir werden Dich auf Schritt und Tritt beobachten. Ein Fehler von Dir und Du bist ein toter Mann. Wir schließen keinen schriftlichen Vertrag mit Dir ab, unser Wort hat Gültigkeit."
In einer deutschen Kleinstadt konnte sich die Dreierrunde günstig ein Bärenfell erwerben.
So tingelten sie zu dritt von Ort zu Ort.
Michel fiel die Rolle des vermummten Bären zu, Iwan war der Bärenführer. Er führte Michel an einem Ring in der Nase, gab die Befehle zum Handstand, zum Liegen, zum Tanzen, zum Brüllen und zum Drohen, war Schmuser und Aggressor. Gregor spielte dazu auf dem Schifferklavier und sammelte das Geld der Gaffenden ein. Kinder verfolgten die Vorstellung mit aufgerissenen Augen,

die Erwachsenen lachten und klatschten, das Geld aber floss spärlich. Es reichte kaum für die Lebensunterhaltungskosten aus. Täglich wurden 30 bis 40 km zurückgelegt. So floss die Zeit dahin. Mutlosigkeit machte sich unter den Dreien breit. Da entschloss sich Michel, am Ende eines Spektakels sich zu offenbaren. Er hob den Kopf des Bären von seinem Haupt. Die Menschen sahen sein Gesicht und begriffen, dass sie einer Täuschung erlegen waren. Ihnen ging auf, dass hinter dem Sichtbaren sich etwas Verborgenes verbirgt. Nach einer sekundenlangen Stille jubelten die Zuschauer, klatschten und pfiffen. Michel aber begriff unmittelbar, dass die Menschen nur glauben, was sie mit ihren Sinnen wahrnehmen, auch wenn es ihnen vorgespielt wird. Michel gewann durch dieses simple Ereignis neue Erkenntnis und überlegte: Wir sehen Gott nicht, er zeigt sich nicht. Er ist nur im Denken existent. Der Glaube an Gott kann nicht durch das begründet werden, was wir glauben zu wissen. Die menschliche Vernunft war immer bestrebt, die Grenzen der Wahrnehmung zu überschreiten. Die damit verbundenen Ideen sind zwar denkbar,

man darf sie aber nicht mit Erkenntnis verwechseln. Wie leicht ist der Glaube, dass die Seele unsterblich ist und Gott existiert. Es bedarf keiner geistigen Anstrengung. Wenn Gott sich nicht beweisen lässt, lässt sich das Gegenteil von seiner Nichtexistenz ebenso wenig beweisen. Man glaubt, ohne zu fragen und ohne zu zweifeln, einfach leichthin. Oder man glaubt nicht. Unsere Begriffe von Gut und Böse sind ebenso flüchtig und zeitabhängig wie die Anschauungen von Raum und Zeit. Doch was ist der Fixpunkt unserer Moral?
Nur wenn wir aus Achtung vor dem Sittengesetz handeln, handeln wir moralisch. Oft ist die Moral eine Pflicht gegen eigene Überzeugung. Konsequentes moralisches Handeln ist nicht möglich ohne den Glauben an Freiheit, Unsterblichkeit und Gott. Denn Gott ist ein absolutes, moralisches Verhältnis zu mir, da gibt es kein verhandeln, kein wenn und aber. Der Glaube ist unabhängig von der reinen Vernunft und nicht von unseren Sinnen.
Der gläubige Mensch muss den Spott des vernünftigen Menschen nicht fürchten, denn er kann neben seinem Glauben sich auch der Vernunft bedienen. Deshalb schlage ich Euch,

meinen Mitspielern vor, das Spiel mit dem Bären aufzugeben. Wir machen in Zukunft nur noch Musik. Als Pan, so eine griechische Sage, die Nymphe Syrinx aus Liebe verfolgte, floh sie vor ihm und kam an einen Fluss, den sie nicht überqueren konnte. Sie bat die Götter, ihr zu helfen. Pan erreichte sie, griff nach ihr und hatte Schilf in seinen Händen. Es war ein Wunder. Er modellierte daraus eine Flöte und blies darauf. Es war eine traurige Melodie. So kam die Sehnsucht in unsere Welt, Sehnsucht wonach? Kommt ihr Musikanten, ich blase das Saxophon, Gregor lässt die Lächerlichkeit mit dem Bären fahren, streichelt das Cello und Iwan ist ein Künstler auf dem Akkordeon. Widmet Euch Eurer wahren Bestimmung. Ihr habt ein Gottesgeschenk erhalten und mit Fleiß erworben. Nutzt es und vergeudete es nicht. Es wird uns unsere Furcht nehmen und uns Beherztheit geben."

Die zwei musischen Räuber waren überwältigt von seinen Worten. Sie umarmten ihn, küssten ihn auf die Wangen, erstanden ein Saxophon und schworen:

„Du bist unser Bruder."

Die Gruppe machte sich frischen Mutes auf den Weg, spielten wie besessen an Straßenecken, auf Märkten, in Kneipen und auf Volksfesten. Sie erweiterten ihr Repertoire, boten Volkslieder, Schlager, Kirchenlieder und bekannte Kompositionen an und variierten sie. Sie übernachteten im Freien, in Scheunen, in Ställen, auf dem Felde und waren überrascht, wenn ein Gastwirt ihnen Übernachtung und Verpflegung für Geld bot. Das reichte, um zu überleben. Gleichwohl hungerten sie oft, wuschen sich in Bächen und in Seen, verrichteten ihre Notdurft in der Natur und nahmen dankbar abgetragene Kleidung an. Das war ihre Realität. Michel hatte mit seinen verwöhnten Ansprüchen zu kämpfen. Seine romantische Vorstellung vom Vagabundenleben enthüllte sich als fatal. Er plante oft in Phasen der Verzagtheit, dieses Vagabundenleben aufzugeben und hielt sich doch an sein Versprechen.

Die Gruppe überschritt die Grenze zu Österreich. Wenn die Drei in den einzelnen Orten ihr Können vorführten, trat Michel in eine andere Welt ein. Sein Saxophon jauchzte,

lachte, trauerte, weinte. Die Zuhörer wurden von den angebotenen Melodien ergriffen, erlebten Spaß, Freude, Trauer und Besinnung, all das, was in ihrer Seele ruhte und ihnen unbekannt war, dass es in ihnen wohnte.
Man bewunderte die Musikanten, wünschte sich ebensolche Fertigkeiten zu haben,
aber außerhalb ihrer Darbietung wurden die Künstler gemieden. Sie waren das fahrende Volk, mit dem der anständige Bürger nicht verkehrte. An einem regnerischen Tag hatte die Gruppe Unterkunft auf einer Wiese in einer Schutzhütte für Schafe gefunden.
Sie lagen auf Stroh, Michel fragte:
„Iwan, was ist Dein eigentlicher Grund, nach Deutschland zu kommen?"
Iwan blieb stumm.
Michel insistierte:
„Wir sind Freunde, erzähle, was Dich nach Deutschland trug!"
Iwan räusperte sich und begann stockend zu sprechen:
„Ich bin zu Frauen sehr gehemmt.
Ich spielte in einem staatlichen Orchester und gab nebenbei noch Privatunterricht für besonders begabte Jugendliche. Marta war

fünfzehn Jahre alt. Sie war feingliedrig und hatte bereits weibliche Formen.
Ihre Haare waren schwarz, ihre Augen dunkelbraun und von besonderer Klarheit und Reinheit. Ihr Lächeln war ausdrucksvoll und hinreißend. Ich sah, dass sie zum Weib heranwuchs. Beim Unterricht kokettierte sie mit mir. Sie suchte meine Nähe und auch Körperkontakte. Sie hatte viele Fragen, scherzte mit mir und ich ließ mich darauf ein. Sie bestellte mich zu Rendezvouz, ich zögerte noch, erfand Ausreden, dann verabredete ich mich mit ihr. Ich hatte noch nie eine Frau als Geliebte, obwohl ich 52 Jahre alt bin.
Sie schaute zu mir auf, ich möchte sagen, sie vergötterte mich. Es gärte mein Fleisch, ich träumte von ihr. An einem Sommerabend saßen wir an einem Bach, verdeckt von einem Gebüsch. Wir plauderten, lauschten dem plätschernden Wasser und hatten dieselben Gedanken. Süßlicher Duft von Akazien schwängerten die Luft. Sie streckte ihre Beine in das fließende Wasser, hob dabei ihren Rock hoch, bespritzte mich und kuschelte sich an mich. Sie streichelte mein Haar und forderte plötzlich: Küss mich. Es klang wie

der Gesang der Nachtigall. Verführerisch und unwiderstehlich.
Ich umarmte sie und wir ließen bis zum frühen Morgen nicht mehr voneinander.
Drei Monate waren wir intim, dann trafen mich Blitzschläge aus heiterem Himmel.
Mir wurde eines nachts bewusst, wie alt sie ist und dass sie meine Schülerin ist.
Beim nächsten Treffen warf ich ihr an den Kopf, es ist aus, es ist mit uns endgültig aus. Ich verstand mich selbst nicht, aber so habe ich es gesagt. Sie gab sich preis. Sie sagte, in meinem Körper brennt es wie Feuer, ich kann ohne Dich nicht leben. Die Liebe fordert alles, den ganzen Körper mit Haut und Haaren.
War ich zu aufdringlich?
Oder ist Dir die Mystik der Sinnlichkeit mit dem Alter abhanden gekommen?
Ich habe ihr geantwortet, so ungefähr.
Es ist zu viel, Du überforderst mich.
Dein Blut braust und meines stockt. Sie schaute mich liebevoll und mitleidig an. Da gebrauchte ich die Ausrede, es ist die Musik, die mich mehr anzieht als du. Sie brach in Tränen aus und lief fort. Ich aber schlenderte befreit nach Hause und ging meinen beruflichen Pflichten

wie eh und je nach. Eines Tages wurde ich im Konzertsaal verhaftet. Sie hatte mich angezeigt und behauptet, ich hätte sie vergewaltigt.
Aus ihrer Liebe zu mir war Hass geworden.
Die Staatsanwaltschaft glaubte mir meine Version, bestand aber auf Bestrafung, weil sie nicht volljährig und meine Schülerin war.
Ich verlor alle Nebentätigkeiten, verlor meinen Beruf, wurde geächtet und traute mich nicht mehr unter Menschen. Ich fühlte mich einsam und verlassen, ich hatte keinen Menschen, mit dem ich mich anvertrauen hätte können. Mein Denken kreiste um das Thema, sie hat mich verführt und ich war schwach. Ich hatte das sichere Gefühl, dass der Tod meine letzte Zuflucht ist. Ich fuhr zum Dnepr, stand auf einer Brücke und unter mir der reißende Fluss. Ich hatte mich schon vom Geländer gelöst, da packte jemand meine Arme und zog mich zurück. Seine Hände waren wie Eisenklammern, ich hing minutenlang in der Luft. Er hat es geschafft, mich an Land zu ziehen. Es war ein Vermittler zwischen Leben und Tod und das im doppelten Sinne. Ich habe bei ihm den Vertrag nach Deutschland unterschrieben. Das ist der Grund, der mich

nach Deutschland brachte. Es ist eine traurige Geschichte."
Iwan hatte zugehört. Er begann spontan zu sprechen:
„Die Pilze auf unserem Feuer sind noch nicht gar. Ich werde Euch aus meiner Kindheit erzählen, damit Ihr nicht den falschen Eindruck von mir bekommt. Unser Pilzgericht erinnert mich an meine Kindheit.
Mein Opa ging mit mir bis zu seinem Tode in den Wald, um Pilze zu sammeln. Er lehrte mich, die Giftigen von den Essbaren zu unterscheiden. Unser armseliges Haus war nahe dem Wald angesiedelt. Opa litt im Alter unter Gehbeschwerden, doch er ließ es sich nicht nehmen, Pilze für den Sonntagsbraten zu suchen. Ich begleitete ihn von klein auf.
Als Kleinkind hielt ich mich in Sichtweite von Opa auf. Als ich grösser wurde, entfernte ich mich von ihm und suchte Pilze auf eigene Faust. Einmal verlief ich mich und fand mich im Wald nicht mehr zurecht. Ich fand mich plötzlich in einem Schonwald wieder.
Die Fichten waren nicht höher als zwei Meter. Die Sonne stand schräg, die Bäume waren dicht bepflanzt und hinderten mich am

Durchkommen. Ich bekam Angst und mir wurde unheimlich.

Die Äste peitschten mir ins Gesicht, ich konnte nicht weitersehen als mein ausgestreckter Arm. Auf einmal lag ein ausgebleichtes Gerippe vor mir von einem Fuchs. Ich schrie vor Schreck auf. Die Augenhöhlen des Fuchses starrten mich an, mir war, als hörte ich das Klappern der Rippen. Ich hatte das Gefühl, als ob mir das Herz stillsteht. Ich ließ den Korb mit Pilzen fallen und hetzte voller Entsetzen in eine unbestimmte Richtung. Ich war atemlos und konnte nicht schreien. Nach langer Zeit kam ich in den Hochwald.

Da sprach mich aus dem Nichts eine Hexe an. „Ach, das ist doch der Iwan. Wo kommst Du denn her? Wo ist Dein Opa, hast Du Dich verlaufen und verloren?"

Sie lachte stoßweise, heiser und heimtückisch. Ich konnte mich nicht rühren, zitterte am ganzen Körper und konnte nicht antworten. Sie war gebeugt wie ein Fragezeichen, hatte giftige Augen und stützte sich auf einen Stock. „Du brauchst keine Angst zu haben, ich bin keine Hexe. Freilich, solche Unmenschen treiben sich hier herum."

Sie lachte dabei, zeigte ihren zahnlosen Mund, kam auf mich zu, nahm meine Hand und zerrte mich aus dem Wald auf einen Trampelpfad. Ich stolzierte stocksteif, leistete aber keinen Widerstand. Sie aber plauderte:
„Als ich so klein war wie Du, habe ich mich auch einmal im Wald verlaufen.
Eine ganze Nacht habe ich mutterseelenallein in der Finsternis verbracht, hörte gefährliche Schreie und Geräusche. Ich weinte und rief um Hilfe, doch keiner kam. Das ganze Dorf war auf den Beinen, suchte nach mir und fand mich am nächsten Tag. Ich sah in dieser Nacht Elfen und Nymphen, sah Bären und Wölfe, die an mir vorbeihuschten, hörte geheimnisvolles Flüstern, was mir Furcht einflößte. Jetzt weiß ich, wie vielseitig die Schöpfung ist und bin mit ihr vertraut. Du brauchst vor mir keine Angst zu haben, auch wenn ich hässlich bin."
Sie kicherte und ließ mich nicht mehr los.
Wir kamen zu ihrer Hütte am Waldrand.
Sie bugsierte mich in ihr Stübchen, ich setze mich steif wie eine Puppe auf einen Stuhl.
Sie machte sich am Herd zu schaffen und ich überlegte, wie ich ihr entkommen könnte.
Dann gab sie mir eine Tasse mit brauner

Flüssigkeit. Sie sagte:
„Trink Bübchen, trink!"
Ich war überzeugt, dass es ein Verwandlungstrunk ist und rührte die Tasse nicht an. Da klopfte es an der Tür. Die Hexe öffnete und Opa stand im Türrahmen.
Er schmunzelte:
„Ich dachte gleich, dass Du hier bist!"
Ich sprang auf, warf mich in seine Arme und weinte. Opa tröstete mich:
„Mein Junge, brauchst keine Angst zu haben, es ist die Oma Natascha."
Iwan lachte:
„Ja, so sind Kinder."
Gregor blieb nachdenklich:
„Es ist eine schöne Kindheitserinnerung. Meine Kindheit war trübseliger. Es war Krieg. Wir waren Bauern. Ich hatte drei Geschwister. Eines Tages drangen Partisanen gewaltsam in unser Haus ein. Sie stießen mit ihren Gewehren die Türen auf. Wir saßen beim Abendbrot. Der Anführer schrie:
„Hände hoch, keiner rührt sich von der Stelle!"
Dann befahl er, alles Gold, Silber und Schmuck auf den Tisch zu legen. Mein Vater erklärte,

dass wir solche Schätze nicht besitzen. Er hatte kaum zu Ende gesprochen, da packten ihn die Eindringlinge, fesselten ihn und stellten ihn neben den Ofen. Der Anführer sagte mit leiser Stimme:
„Dann müssen wir das Geständnismittel anwenden!"
Er nickte mit dem Kopf. Zwei Soldaten rissen meine Mutter von dem Stuhl, auf dem sie saß, und zerrten ihr die Kleider vom Leib.
Der Anführer fragte:
„Nun Bäuerlein, besitzt ihr Gold?"
Mein Vater antwortete mit bebender Stimme:
„Nein, wir haben kein Gold und nichts dergleichen."
Der Anführer nickte wieder mit dem Kopf. Zwei Eindringlinge zogen ihre Messer und stachen damit meiner Mutter in die Brüste. Meine Mutter stieß Schreckensschreie aus. Mein Vater kniete nieder und flehte:
„Wir sind arme Leute, nehmt, was ihr wollt, aber lasst uns leben."
Der Anführer nickte zum dritten Male.
Die Berserker schlugen mit den Gewehren auf meine Mutter ein. Sie fiel zu Boden, doch sie ließen nicht von ihr ab. In diesem Moment

sprengte ein deutscher Offizier die Tür zur Küche mit Fußtritten auf. In seinem Gefolge waren Soldaten. Sie nahmen die Krieger fest, entfesselten meinen Vater, der zur Mutter eilte. Der Offizier gab einige Befehle, wir wurden auf den Hof geführt, die Räuber wurden an die Wand gestellt. Der Offizier las etwas aus einem Buche vor, die Überwältigten baten um Gnade. Sie wurden vor unseren Augen erschossen. Meine Mutter starb an den ihr zugefügten Verletzungen. Ich war damals zwölf Jahre alt. Noch heute weiß ich nicht, wen ich mehr hasse. Den Krieg, ihre Nutznießer, die Gesetzlosen, die Soldaten oder die Gesetzestreuen." Iwan drehte sich um und verbarg so seine Tränen. Die drei Musikanten schwiegen, schauten in das Feuer und ließen die Vergangenheit in sich aufsteigen.
Michel ertrug die Stille nicht.
„Meine Ängste sind mir erst als Erwachsener bewusst geworden. Als ich sieben Jahre alt war, wurden wir aus unserem Dorf vertrieben.
Wir flüchteten nach Westen und siedelten uns neu an. Auf der Flucht kamen wir an einen Fluss. Dort hatten die Russen einen Kontrollpunkt aufgestellt. Alle Vertriebenen mussten sich

einer Körpervisitation unterziehen.
Meine Mama war damals jung und schön.
Sie hatte sich als alte Frau verkleidet. Soldatinnen entdeckten sie und führten sie in ein nahes gelegenes Gebäude. Ich aber und meine Geschwister durften den Fluss passieren. Wir bekamen eine Scheune als Übernachtungsort zugewiesen, ich legte mich nicht schlafen.
Ich schlich mich an den Aufsehern vorbei, postierte mich auf einer leichten Anhöhe und konnte von dort über den Fluss das Gebäude beobachten, zu dem meine Mutter geführt worden war. Ich wartete eine ganze Nacht auf sie und am nächsten Morgen sah ich sie.
Sie konnte kaum laufen, schleppte sich über die Brücke, hielt öfter inne. Als sie die Anhöhe erklomm, rannte ich ihr entgegen. Wir trafen uns auf halben Weg. Sie umarmte mich,
küsste mich und wiederholte nur einen Satz: Vergiss es nicht, vergiss es nicht! Ich verstand sie damals nicht, ich war ein Vorschuljunge. Als ich begriff, was man ihr angetan hatte, habe ich sie mehr geliebt als jeden anderen Menschen. Versteht ihr mich? Sie nahm das Leben für uns auf sich. Ich teile Iwans

Gefühle, denn der Krieg macht aus Menschen Teufel. Und diese Teufel reden uns ein, der Krieg wird für den König, für den Islam, für das Christentum, für die Menschenrechte gegen die Ungläubigen geführt."

Am nächsten Morgen war man guter Dinge, vereint im musischen Tun. Der depressive Anflug des Vortages war verschwunden. Man packte die spärliche Habe zusammen und einigte sich, welche Tour man gehen wollte. Sie verließen Österreich und überschritten die grüne Grenze nach Ungarn. Nach wenigen Kilometern erreichten sie KOSZEG, ein kleines Grenzstädtchen von etwa 25000 Einwohnern. Es gilt als besonders schön. Sie besichtigten die Burg mit Museum, die historische Innenstadt mit mittelalterlichen Bauten, die Herz-Jesu-Kirche und das Apothekenmuseum.
Sie beschlossen, am nächsten Tage auf dem Marktplatz ein freies Konzert zu geben. Sie erhielten die Genehmigung vom Bürgermeister. Es war Spätherbst, die Sonne wärmte, viele Passanten blieben stehen, hörten zu, sangen oder summten mit und gaben etwas Geld in die Blechbüchse. Unter ihnen befand sich

ein etwa sechzehnjähriges Mädchen. Sie war schlank, feingliedrig und mit aufblühenden Körperformen. Ihre Wangen waren gerötet, ihre schwarzen Haare fielen locker über den Rücken, ihre Augen waren lebhaft und hatten einen klaren und aufmunternden Blick. Sie lächelte ständig ausdrucksvoll und aufmunternd. Sie tänzelte zur Musik und strahlte das Bild von Lebensfreude aus. Gregor fragte sie, wie sie heiße. Da sang sie mit heller und klarer Stimme:

„Malea, die Geliebte, die Widerspenstige, der Meerestropfen."

Malea bewegte sich ungezwungen zwischen den Musikanten, lenkte deren Blicke mit Gesten auf die Kirche und war auf einmal verschwunden. Als die Musiker ihre Sachen packten, stieß Gregor, der Kassierer und Finanzverwalter der Gruppe, Flüche und Schreckensschreie aus. Die Börse und selbst die Blechbüchse mit dem gespendeten Geld war nicht mehr auffindbar. Die Gruppe beratschlagte, was zu tun sei. Alle Drei glaubten, dass das Mädchen sie bestohlen hatte. Aber was tun? Die Drei trotteten missmutig in ihr Wirtshaus und erzählten dem Wirt das Vorgefallene.

Der riet, in das Zigeunerlager zu gehen, das sich vor der Stadt befinde.

„Seid höflich, entgegenkommend und freundlich. Sprecht ehrerbietig mit dem Familienoberhaupt und schweigt darüber, was Euch in das Lager führt."

Am Morgen des nächsten Tages brachen die Drei auf und nahmen ihre Instrumente mit. Sie fanden das Lager der Roma und baten, das Familienoberhaupt sprechen zu dürfen.

Michel trug das Anliegen vor:

„Wir wollen von Eurer Musik lernen. Dürfen wir Euren Künstlern zuhören und vielleicht auch mit ihnen spielen?"

Das Familienoberhaupt fragte:

„Woher kommt Ihr?"

„Aus Deutschland"

„Merkwürdig. Und Ihr wollt von unserer Musik lernen? Das irritiert mich. Wir spielen nicht nach Noten, wir spielen frei und virtuos nach Gehör. Gott hat einigen von uns diese Begabung geschenkt. Unsere Melodien sind uralt, sie drücken das Innere unseres Volkes aus. Sie sind unterschiedlich wie das Leben und fangen die Seele ein. Eine Kapelle besteht bei uns aus zwei oder drei Geigen, Kontrabass

und Gitarre. Vergesst nicht, wir sind ein fahrendes Volk und können uns nicht mehr leisten. Doch zuvor wollen wir uns unterhalten, damit wir uns etwa kennenlernen."
Er führte die Drei in seinen Wohnwagen und fuhr fort:
„Sehen Sie, wir leben in Armut, wir haben keine Reichtümer, wir haben nur das Leben und die Liebe. Nach dem Krieg war ich ein Kind der Gegenwart. Die Parolen, die man ausposaunte, glaubte ich. Menschenwürde, Freiheit und Gerechtigkeit. Ich demonstrierte dafür wie tausende von Menschen. Doch hinter den Fenstern von Villen, verdeckt von Gardinen, blicken versteckt die Bosse und lachten sich ins Fäustchen über die Dummheit der gelenkten Massen. Sie gestalten das System mit Propaganda, Zensur und Geld, dulden auch keine andere Meinung und
verunglimpfen die Andersdenkenden. Es ist die bewährte Art der Machtausübung und der kotzstinkende Geruch von Reichtum und angemaßter Macht. Ich war eines ihrer Opfer und erkannte die Mache zu spät. Ihr Musikanten habt Euch den besseren Teil des Lebens ausgesucht. Nur Musik erfüllt die

Träume der Menschheit."
Die Musici der Roma marschierten auf und spielten. Die Drei stimmten ihre Instrumente und integrierten sich in die Klangwelt der Gastgeber. Die Lagerinsassen strömten zusammen, blieben stumm und hörten ergriffen zu. Da trat aus der Menge ein Mädchen hervor und sang mit klarer Stimme im Sopran, es war Malea:

„Im Nebelgewiesel, im tiefen Schnee
Im wilden Wald in der Winternacht
Da hörte ich der Wölfe Hungergeheul
Ich hörte der Eule unheimliches Geschrei
Wille wau, wau, wau
Wille wo, wo, wo
Witu hu.

Es verließen meine Kräfte mich
Ich sank dahin und stammelte
Geliebter, des Todes Atem haucht mich an
Ich bin allein, bleib du bei mir.
Wille wau, wau, wau
Wille wo, wo, wo
Wito hu.

Ich stieg zum Himmel hinan
Der Sterne Licht leuchteten mir
O Gott, verzeihe meine Sünden
Berühre mich, ich bin dein.
Wille wau, wau, wau
Wille wo, wo, wo
Witu hu."

Das Musical dauerte zwei Stunden. Die Drei sprachen nicht von der gestohlenen Börse. Der Patriarch verschwand für eine Weile und erschien dann wieder. Er umarmte die armen Musiker und händigte ihnen den verschwundenen Geldbeutel stillschweigend aus, sagte nur:
„Gott segne Eure Wege."
Die Drei hielten sich in Koszeg nicht länger auf, sie wollten das Ungarland möglichst schnell durcheilen. Sie reisten weiter und gelangten in die Steppenlandschaft. Dort ging ihnen die Nahrung aus, sie teilten sich das letzte Brot. Not hält zusammen. Sie ist haltbarer als die von Leidenschaften oder der Ehe. Iwan war der Älteste und gab den Ton an. Er trug sein Cello dank einer Halteeinrichtung auf dem Rücken. Sie passierten in den

Nachmittagsstunden einen Wald und kamen an einem verwilderten Haus vorbei. Der Vorgarten war ungepflegt und von Wildkraut überwuchert. Das Haus war verfallen, die Türen hingen in den Angeln, die Fenster waren scheibenlos, das Dach wies große Löcher auf. Die Drei hatten einen schnellen Schritt, warfen einen flüchtigen Blick auf die Ruine und gingen weiter. Nach einer kurzen Strecke sagte Iwan, er könne nicht mehr mithalten. Er sei am Ende seiner Kräfte. Er setzte sich in den Schatten eines Baumes und schlug vor, dass Michel und Gregor zum baufälligen Haus zurückkehrten, vielleicht finde man dort etwas Essbares. Michel und Gregor liefen den Weg zurück und betraten das offensichtlich unbewohnte Haus vorsichtig. Auf ihr Rufen antwortete keiner. Sie betraten den Flur, bewegten sich vorsichtig von Raum zu Raum und hielten Ausschau nach Nahrungsmitteln. Sie kamen in eine kleine Kammer und erschraken. Auf einem Tisch stand ein ausgemergelter, ungepflegter Greis mit einem Strick um den Hals. Er fixierte die Eindringlinge mit irren Augen und krächzte:
„Seid Ihr von Satan geschickt, um mich

abzuholen? Alle anderen schmoren in der Hölle, aber ich folge Euch nicht, eher erhänge ich mich."

Michel beruhigte:

„Nein, wir sind Musikanten und auf der Durchreise und haben seit zwei Tagen nichts gegessen. Wir bitten um eine Mahlzeit! Wir wissen, Du bist ein Gottesmann, jedenfalls vom rechten Glauben. Steige vom Tisch und teile Dein Essen, auch wenn es nur wenig ist."

Der Irre lächelte, entfernte den Strick von seinem Hals, stieg mit Mühe vom Tisch und wiederholte:

„Ihr seid Engel, die ich erwartet habe. Kommt mit mir, ich beköstige Euch! Es ist genug für alle da."

Er ging zum Flur, öffnete eine Falltür und kraxelte gebückt in einen niederen Keller, in der Schinken und Würste an einem Gestell hingen. Michel und Gregor glaubten ihren Augen nicht. Der Irre forderte sie auf:

„Nehmt, was Euch schmeckt! Wie könnte ich die Boten Gottes hungern lassen!

Zum Paradies ist es eine lange und beschwerliche Reise! Seht, da steht der Teufel hinter der Tür, sehr Ihr ihn?"

Michel und Gregor verneinten.
„Wir sehen ihn nicht. Wo ist er?"
„Ihr tut mir leid. Habt Augen und könnt ihn nicht sehen. Er grinst und feixt, lacht sich ins Fäustchen und spottet Euch aus. Jetzt flüchtet er, hat Euch als Gesandte Gottes erkannt. Er wird seinem Herrn, den dreigeschwänzten Luzifer, von Eurer Ankunft berichten. Ihr seid hier sicher. Schnappt zu und wartet nicht!"
Michel und Gregor griffen zu und verstauten die Köstlichkeiten. Der Irre lachte wie von Sinnen und wiederholte:
„Ich wusste nicht, dass die Boten Gottes auf unser täglich Brot angewiesen sind.
Das ist Euer Lohn, nehmt, nehmt, das Himmelreich ist mir gewiss!"
Hastig verstauten die beiden den Proviant und verließen fluchtartig den Verrückten mit schlechten Gewissen. Wird sie Gott bestrafen? Sie hatten den Geisteskranken hilflos in seinem Wahn zurück gelassen. Sie rannten den Weg zurück und trafen Iwan schlafend an, Michel betrachtete den Riesenkerl und dachte, wie stark er aussieht und ist doch so schwach. Ein Gefühl von Ungeduld überkam ihn. Er stieß Iwan mit dem Fuße an, der die Augen öffnete

und nicht wusste, wo er war. Michel half ihm:
„He Iwan, wir haben Dir etwas mitgebracht, während Du geschlafen hast. Iss und lass es Dir gut gehen."

Die Drei verschlangen gierig einen Teil der Beute. Nach dem Essen merkten sie, dass der Schlaf sie übermannen wollte. Dennoch bündelten sie ihre Sachen und machten sich auf den Weg ins nächste Dorf. Sie kamen nicht weit. Zwei berittene Polizisten hielten sie an. Der ältere Beamte begrüßte die Drei höflich und wünschte, von ihnen den Pass zu sehen. Er überprüfte die Pässe, gab sie zurück und stellte Fragen.

„Man hat den Irren erschlagen im Garten gefunden. Es können nicht Geister gewesen sein. Zwei Leute von Ihnen waren bei ihm. Wer war es?"

Michel und Gregor traten hervor. Gregor erkundigte sich:

„Womit ist er erschlagen worden?"

„Man hat ihn mit einem schweren Gegenstand den Kopf zertrümmert. Es tut mir leid, sie müssen mit mir zur Polizei. Wohin wollen sie eigentlich?"

Gregor erklärte:

„Wir sind Musikanten und wollten in unser Land zurück. In die Ukraine."
„Ich bedaure sehr, dass ich Ihre Reise aufhalte. Ich denke, nach ein bis zwei Tagen wird sich die Sache aufklären. Folgen Sie mir bitte!"
Die Polizisten ritten voran, die Drei folgten ihnen zu Fuß. Sie kamen in ein größeres Dorf mit Kirche, Schule, Polizeistation und Gefängnis. Die wenigen Menschen, die ihnen begegneten, betrachteten sie neugierig, gaben ihre Meinung aber nicht zu erkennen. Die Drei wurden dem Staatsanwalt vorgeführt, der in einem winzigen Büro mit Schreibtisch, zwei Stühlen und einem Schrank residierte. Der Staatsanwalt tat, als ob er in Akten vertieft sei, sein Assistent schlug sich an der Wand angelehnt gelangweilt die Zeit tot. Das Verhör dauerte nicht lange. Iwan sagte aus, dass ihm schlecht geworden sei, seine Kollegen hätten beschlossen, im verfallenen Haus sich nach Lebensmitteln umzusehen. Michel und Gregor bestätigten seine Aussage und schilderten ihre Begegnung mit dem Opfer. Der Staatsanwalt hörte sich ungerührt die Geschichte an, er blieb verschlossen. Am Ende der Vernehmung griff er zu einer Glocke, bimmelte und zwei

Beamte erschienen. Er verkündete seinen Entschluss, Michel und Gregor seien zu verhaften, sie seien hinreichend verdächtig, den Irren getötet zu haben. Zu Iwan gewendet:
„Sie sind frei, dürfen das Dorf aber nicht verlassen, weil Sie Zeuge sind."
Michel und Gregor schüttelte die Angst.
Sie fühlten sich elend und zu schwach, um zu protestieren. Sie wurden in einen Nebentrakt geführt, dort empfing sie ein dicklicher Wärter mit einem gutmütigen Gesicht. Er begrüßte die Häftlinge mit den Worten:
„Sie sind die einzigen Gefangenen und ich werde alles tun, um Ihnen den Aufenthalt hier unvergesslich zu machen. Wir haben einen Raum mit zwei Pritschen aus Eichenholz, fast feudal. Die Aussicht über das Tal ist fantastisch. Habt Ihr Geld? Meine Frau wird Euch ein üppiges Abendmahl bereiten."
Michel bedauerte:
„Wir habe kein Geld."
„Schade, meine Frau kocht wirklich gut."
Er schloss die Tür der Zelle auf, Michel und Gregor betraten einen schmutzigen Raum mit zwei Holzbetten, auf denen je eine ungewaschene Decke lag, in der Ecke stand

ein Eimer für die Notdurft. Mehr hatten die beiden auch nicht erwartet. Der Wärter teilten ihnen augenzwinkernd mit, dass die Zellentür nicht verschlossen sei. Trotz seines Entgegenkommens konnten die Häftlinge nicht schlafen. Sie diskutierten die ganze Nacht und malten sich die schlimmsten Befürchtungen aus. Übernächtigt und von dem Schreck noch benommen, öffnete am Vormittag des folgenden Tages der Wärter das Verlies und teilte freudig erregt den Inhaftierten mit, dass sie frei seien.

Sie seien erwiesener Maßen unschuldig, man habe den Täter gefasst, er habe die Tat gestanden. Die beiden konnten es nicht glauben, bis der Staatsanwalt die Sachlage bestätigte. Die Ereignisse überschlugen sich. Ihre Habe wurde den beiden ausgehändigt, der Bürgermeister des Dorfes erschien, gratulierte und kündigte zugleich an, der Erfolg der Polizei müsse gebührend gefeiert werden. Er habe bereits ein Freudenfest ausgerufen und er erwarte, dass die unschuldig Verhafteten sich erkenntlich zeigten. Ein Gastwirt bot den Dreien Unterkunft und Verpflegung an und animierte sie, zum Freudenfest aufzuspielen.

Die Freude war so groß, dass sich jeder der Dorfeinwohner anerkannt fühlte und sich als Kriminologe gerierte. Von dem Irren sprach niemand, er wurde in einer Ecke des Friedhofs verscharrt.

In der weiten Landschaft von Ungern gibt es keine Berge, nur Hügel. Zur Mittagszeit ließen sich die Drei auf einem Berg nieder und waren erstaunt, als sie dort eine Camperfamilie antrafen. Sie bestand aus 14 Personen, die sich dort niedergelassen hatten. Sie brieten Würstchen und luden die Musikanten zum Essen ein. Sie hatten Hunger und nahmen an. Die Kinder spielten, die Drei fühlten sich verpflichtet, etwas zur Unterhaltung beizutragen. Sie spielten ungarische Volksmusik, die jungen Leute tanzten und waren vergnügt. Es war wie in einer großen Familie. Als sie aufbrachen und sie mit hallo verabschiedet wurden, kam eine junge Frau aus ihrem Zelt. Ein Mann flüsterte Gregor zu, sie sei eine Wahrsagerin. Iwan fragte den Kollegen, was es zu verheimlichen gebe. Gregor sagte es ihm. Iwan lachte aus vollem Herzen und bat die Wahrsagerin, ihm seine Zukunft

zu offenbaren. Er prahlte:
„Ihr werdet erfahren, dass ich hundert Jahre leben werde."
Er drängelte sich vor und streckte seine Hände aus. Sie nahm seine Hände, studierte sie lange und schüttelte immer wieder den Kopf. Nach zehn Minuten drehte sie sich um und verließ ihn ohne Prophezeiung. Die Drei amüsierten sich und spotteten:
„Da siehst Du es, Du wirst hundert Jahre leben und viele Jahre Frauen vernaschen! Unglaublich! Du hast Glück, Deine Hände sind gewaschen. Wären sie schmutzig, wäre Dein Tod beschlossene Sache."
Die Musikanten brachen mit guter Laune auf. Es war Sommer und sie lagerten im Grünen in lustiger Runde. Man erzählte sich Witze und einer überbot den anderen an Anzüglichkeiten. Wie aus dem Boden geschossen standen plötzlich drei Maskierte mit Pistolen in den Händen vor ihnen und radebrechten:
„Gebt alles Money."
Alle Drei verloren ihre sommerliche Farbe, wurden bleich und waren sprachlos. Nur Gregor fasste sich nach einer Schrecksekunde:
„Ihr könnt alles haben, wir sind arm,

wir sind Musikanten."
Er griff nach der Gruppenkasse, öffnete sie und schüttete den Inhalt auf einer Decke aus. Die Gruppe hatte einen Kassenbestand von 162,- Euro in verschiedenen Währungen. Der Anführer der Bande grabschte nach dem Geld, steckte es in seine Hosentaschen und schrie:
„Lüge!"
Er gab den anderen einen Befehl, die daraufhin das Gepäck durchsuchten. Sie fanden nichts Mitnehmenswertes, interessierten sich aber für die Instrumente. Einer von ihnen schüttelte verneinend den Kopf:
„Ist nicht gut. Wir verraten uns damit."
Der Anführer stutzte, klatschte in die Hände und befahl:
„Schluss aus! Das ist alles! Jetzt weg von hier!"
Die Räuber verschwanden, wie sie gekommen waren. Der Schreck bei den Dreien war groß, das Ereignis war bald verblasst und jeder berichtete, welche Taten er geplant hatte, um die Räuber in die Flucht zu schlagen. Michel aber dachte, so ist es, wenn Räuber von Räubern beraubt werden. Schadenfreude bewegte ihn und er schämte sich ihrer. Die Drei legten in vier Tagen 14o km zurück und erreichten

Pecs, eine mittelgroße, uralte Stadt, die an der Donau liegt. Die Drei wollten hier ihre Kassen auffüllen und spielten erfolgreich als Straßenmusikanten auf. Am dritten Abend stand die Sonne im Westen und wärmte mit ihren Strahlen die zahlreichen Flaneure auf. Michel und Gregor wollten sich noch amüsieren und beendeten das Spiel. Da nahm Iwan sein Akkordeon, sang das Memellied ohne Absprache mit den anderen und begleitete es auf seinem Instrument.

Zogen einst fünf wilde Schwäne
Schwäne, leuchtend weiß und schön
Sing, sing, was geschah?
Keiner ward mehr gesehn.

Wuchsen einst fünf junge Birken
Grün und frisch am Bachesrand
Sing, sing, was geschah?
Keine in Blüten stand.

Zogen einst fünf junge Burschen
Stolz und kühn zum Kampf hinaus
Sing, sing, was geschah?
Keiner kehrte nach Haus.

Wuchsen einst fünf junge Mädchen
Schlank und schön am Memelstrand
Sing, sing, was geschah?
Keine den Brautkranz wand.

Michel und Gregor erfassten, dass Iwan sein Inneres nach außen damit kehrte, dass er den verlorenen Träumen nachtrauerte und die Gegenkraft des Lebens beschwor. Die Stunde des Abschieds kommt und keiner weiß, woher und wohin. Iwans Stimme war kraftvoll und schallte durch die Häuserzeilen. Sie stand im Gegensatz zu seinen Tränen, die ihm während seines Vortrags aus den Augen quollen. Michel und Gregor verharrten regungslos, sie schwiegen und ahnten, dass Iwan Abschied vom Leben nimmt. Die Passanten blieben stehen, hörten andächtig zu und konnten ihre Trauer nicht verbergen.
Doch das Leben geht weiter. Die Drei fanden abends einen geeigneten Lagerplatz in der Nähe eines Wäldchens. Keiner erwähnte das Solo von Iwan. Gregor bot sich an, trockenes Holz zu sammeln. Michel war damit beschäftigt, das Lager wohnlich einzurichten. Er rief Iwan zu, hilf mir. Der antwortete,

er könne nicht helfen, ihm sei schlecht.
Michel reagierte ungehalten:
„Immer Deine Ausreden. Du bist ein rüstiger Mann von 52 Jahren, mit dem Sterben hat es noch seine Zeit. Bedenke, dass jede Stunde eine Stunde näher zum Grabe ist. Wer nur in den Tag hineinlebt, hat nicht das Ende bedacht."
Iwan klang kläglich:
„Es ist richtig. Ich habe die Kürze des Lebens nie bedacht. Ich habe das Leben genossen, ich habe das Leben geliebt. Ich denke oft an meine Frau. Swetlana war ein herrliches Weib. Ausgeglichen, sorglos, lebhaft und schön. Sie war bescheiden und liebte das Vergnügen.
Ich liebte sie auf meine Art und war mit ihr glücklich. Ich spielte damals in einem Orchester, Musik war mein Leben. Der Mutige handelt, der Schwache träumt ins Leere. Musik schaffte Ordnung in mein Leben, nur mit Musik war ich für die weltliche Fahrt gerüstet. Ich glaubte, von anderen Menschen nur Prügel zu bekommen. Musik war für mich das Licht des Trostes. Ich vergaß darüber, dass mich Swetlana ebenso liebte wie ich die Musik. Ich nahm ihre Dienste an und beachtete sie kaum. Ich habe lange Zeit nachgedacht und weiß

heute, dass es demütigend ist, nicht beachtet zu werden. Ich unterhielt mich mit ihr nur mit über meine Erfolge. Wie ein Wurm musste sich Swetlana fühlen, der im Dreck wühlt und nicht mehr weiterweiß. Ich war jung und dachte, wenn ich alt bin, mache ich es mir schön. Ich gehe spazieren, lese und genieße Musik. Und wenn der Abschied vom Leben kommt, dann gehe ich in ein neues Leben ein. So flatterhaft dachte ich und war zufrieden. Damals spielte ich tags, am Abend waren die Aufführungen oder die Proben. Nachts hörte ich die schönsten Tonmalereien im Traum und vergaß, dass Swetlana Liebe brauchte. Als eines Tages ein Konzert abgesagt wurde und ich zu ungewohnter Zeit nach Hause kam, lag Swetlanuna mit einem anderen Mann in unserem Ehebett. Ich guckte, glaubte meinen Augen nicht, sagte nichts und verließ unsere Wohnung. Ich war schockiert und redete mir ein, ich bin der Prügelknabe und habe nichts anderes verdient. Ich badete mich in meinem Leid und machte mir keine Gedanken über meinen Anteil an dieser Katastrophe. Wenn ich im Orchester spielte, war ich der König und bedachte niemals, dass mein Musikerleben

nur einen Teil des Lebens ausmacht.
Ja, so war es. Wenn die Sprache über den Glauben der Christen kam, habe ich die Gläubigen verspottet. Mein Großmütterlein wiederholte dann nur, warte, bis dein letztes Stündlein schlägt, dann wirst du deine Worte bereuen. Ich grinste und sagte ihr frech ins Gesicht, du bist dement. Und nun flehe ich, Gott verzeihe mir!"
Michel näherte sich dem Freund, beugte sich über ihn und erschrak. Iwan war todesbleich. Nach einer kurzen Pause ergänzte Iwan:
„Wie töricht habe ich gehandelt, wie töricht. Nun ist mein Ende gekommen. Ich habe nie an das Schattenreich und die Verwandlung geglaubt. Ich war überzeugt, dass die Unsterblichkeit des Glaubens liebstes Kind ist. Doch jetzt, in meinen letzten Lebensminuten, hoffe ich, dass auch ich weiterleben werde. Das Weiterleben betrachte ich nicht mehr als Illusion, hinter der das endgültige Aus versteckt werden kann. Es ist nicht das Glückskind für die Schwachen, es ist der Bekennermut der Starken. Ich war schwach. Ich hoffe, an einem Frühlingstag aufzuwachen und in das Angesicht Gottes zu schauen."

Iwan rang nach Luft, atmete stoßweise und stieß mit Mühsal hervor:

„Ich sehe den Himmel aufgetan und sehe eine Feuergestalt, die trocknet alle Tränen und nimmt alles Leid und alle Schmerzen fort. Auch mir."

Er atmete tief ein, lächelte glücklich und hauchte sein Leben aus. Michel drückte seine Augen zu.

Gregor kam mit einem Bündel Holz und pfiff ein Lied. Er rief von weitem:

„Jetzt entzünden wir ein Feuerchen und kochen eine deftige Erbsensuppe mit Speck und Schinken."

Er hatte den Satz kaum ausgesprochen, als er den Toten liegen sah. Er ließ das Holz fallen und fragte erschrocken:

„Ist er tot? O Gott, was machen wir nun!"

Er stand betroffen und regungslos auf einem Fleck und sagte:

„Kein Mensch weiß, wann es ihn trifft. Iwan ist vom Leib durch den Tod befreit. Ernten wir, was wir gesät haben? Wollen wir das Vaterunser sprechen? Hoffen wir, glauben wir? Er war ein guter Kamerad, Gott möge seiner Seele gnädig sein."

Michel und Gregor gruben Iwan ein Grab am Rande des Waldes aus, legten sein Akkordeon an seine Seite, sprachen das Vaterunser und machten sein Grab unkenntlich. Sie wollten nicht unnötigen Formalitäten ausgesetzt werden. Sie teilten sich das wenige Geld, umarmten sich und trennten sich als Freunde. Jeder war mit sich beschäftigt. Was ist mir bestimmt, wohin gehe ich, wo ist meine Familie, habe ich einen neuen Tag, worauf darf ich vertrauen, wende ich mein Schicksal? Sie befanden sich in der Nähe von Timisoara, hatten hunderte von Kilometern erwandert, brauchten dafür sieben Jahre. Ihm ging durch den Kopf:
„Das Kind lebt im Augenblick,
der Heranwachsende mit einem Ziel,
der Erwachsene in seiner Zeit
und der Alte in der Vergangenheit.
Und was weiter dann?"
Michel nahm sich vor, jeden Tag etwa
vierzig Kilometer zu gehen und rechnete sich aus, wieviel Tage er benötigte, sich seiner Heimat zu nähern. Er machte sich frohen Mutes auf den Weg. Er fühlte sich zunächst befreit von den Räubern, die ihm zu Freunden

geworden waren und vermisste sie zugleich. Es ist leicht, sich zu dritt durch die Welt zu schlagen, es ist aber fast unmenschlich, die Welt in Einsamkeit und Verlorenheit zu ertragen. Der Hungernde sehnt sich nach Speisen, der Frierende nach Wärme, der Verirrte in sein Haus. Er wurde von seinem Verlangen nach der Heimat angetrieben, marschierte täglich, spielte in Dörfern und Kleinstädten vor Menschen auf seinem Saxophon auf, bettelte in der kalten Jahreszeit um Almosen, nächtigte oft im Freien und pflegte seinen Körper nicht. Sein Äußeres verwilderte, er wurde ausgelacht und verjagt. Er ernährte sich von Pilzen und von Beeren, stahl, wo er sich etwas krallen konnte. Er arbeitete auf Feldern, bei Unternehmern auf Bauten und Straßen. Mitleidige Bauern erlaubten ihm, in Ställen zu schlafen, gaben ihm die Möglichkeit sich zu waschen und versorgten ihn mit etwas Proviant. In Ungarn verkaufte er sein Saxophon und bezahlte davon zwei Brote. Sie reichten ihm für zwei Wochen. In Österreich schenkte ihm ein Händler Schuhe, eine Hose, eine Jacke und einen Mantel. Er hatte Erbarmen mit dem vor Kälte zitternden Vagabunden.

In gedrückter Stimmung und Selbstaufgabe spürte Michel seinen Körper nicht mehr und verfiel in eine Depression.
"Ich bin allein geboren und werde allein sterben. Ich höre meinen Tod an der Tür klopfen, sage mit letzter Kraft nein und vertröste den Unheimlichen, morgen kannst du mich haben."
So schleppte er sich vom Sonnenaufgang bis zur Nacht und war froh gestimmt, dem Sichelmann ein Schnäppchen geschlagen zu haben. In der Verlorenheit und in der Einsamkeit träumte er nachts von Sinnenglück und Seelenfrieden. Er sah sich im Kreis von halbnackten und aufreizenden Damen. Sie reichten ihm Wein und Käse, Kaviar, Schinken und Brot auf goldenen Tellern, liebkosten ihn und vereinigten sich mit ihm. Sie spielten auf der Laute und sangen betörende Lieder. Er wachte davon auf, machte sich Selbstvorwürfe, erschrak über sich selbst. Der Hunger quälte ihn, die Kälte schüttelte ihn, die Hitze peinigte ihn. Er bekam Angst trotz aller Anstrengung, sein Heimatziel nicht zu erreichen. Es kostete ihn viel Kraft, sich nicht aufzugeben, er war nur noch ein

Häuflein Unglück. Er schaffte es dennoch, die Grenze zu Österreich zu überschreiten und fasste neuen Mut. Er meinte, alle Krisen überwunden zu haben, jubelte innerlich, jauchzte und frohlockte.

Die depressiven Gedanken wichen sinnlicher Frische. Er kniete nieder und küsste die Erde, es war der Zauber des Augenblicks. Er erreichte abends ein kleines Städtchen, entdeckte eine kleine Gastwirtschaft und steuerte darauf zu. Er reflektierte seine äußere Erscheinung nicht und bedachte nicht, welchen Eindruck er in seiner Aufmachung mit ungepflegtem Vollbart, zerschlissener Kleidung und zerlumpten Rucksack machte. Eine Gruppe Jugendlicher hatte sich um einen Tisch bequem gemacht. Er blieb vor der Gruppe stehen und fragte:

„Kann man hier ein Nachtlager bekommen?"
„Hast Du Geld?"
„Ein wenig und ich hoffe, es genügt."
„Gib uns erst einen aus!"
„Das kann ich nicht, ich habe nicht so viel Geld."

Die Gruppe lachte und einer von ihnen tönte:
„Du bist ein Landstreicher, ein Penner oder dergleichen und willst ohne Geld in unserer

Wirtschaft übernachten? Das geht nicht!"
„Warum nicht?"
„Weil hier nur anständige Leute ein Bett bekommen. Entschuldige Dich!"
„Ich wollte Euch nicht beleidigen. Ich entschuldige mich!"
„Das sagst Du so leichthin. Es ist kein Spaß. Wir verstehen auch keinen Spaß, wenn der mit uns gemacht wird. Knie nieder und wiederhole, ich entschuldige mich!"
Michel kniete nieder und wiederholte:
„Ich entschuldige mich!"
„Nein, nein, lege dich auf die Erde und wiederhole es dreimal!"
Michel tat es. Noch während er sprach, trat einer der Halbstarken mit dem Fuß auf ihn ein. Die anderen standen auf, folgten dem Beispiel und schlugen mit Fäusten, mit Füssen und Stühlen auf ihn ein.
Sie prügelten wahllos, grölten und schrien. Michel wehrte sich nicht, schützte seinen Kopf mit den Händen und fiel alsbald in Bewusstlosigkeit. Die Raudies ließen erst von ihm ab, als eine alte und behinderte Frau laut um Hilfe schrie und auf die Angreifer mit ihrem Gehstock schlug. Die Bande flüchtete, Michel

wurde bewusstlos in das nächstgelegene Krankenhaus gebracht. Nach zwei Tagen kam er zu sich. Er hatte eine Gehirnerschütterung, einen Leberriss und Rippenbrüche erlitten.

Er wurde polizeilich befragt, warum er die Gruppe beschimpft, bespuckt und angegriffen habe. Er sei doch allein gewesen. Michel verweigerte die Aussage. Ein Haftbefehl wurde gegen ihn erlassen, darüber hinaus wurde er in ein Gefangenenlazarett überwiesen.

Er sinnierte, was eigentlich vorgefallen war und ihm, dem Opfer, die Schuld angelastet wurde. Seine Erklärung dafür war, dass die Jugendbande ihre Aggressivität selbst nicht verstehe. Sie bejahen die Werte von Toleranz und Vielfalt, sind jedoch innerlich wilde Tiere, die ihre dumpfe und wilde Wut ausleben müssen. Sie sind Abbild der Gesellschaft, von Filmen und Nachrichten. Sie bejahen das Leben von Ungeborenen und das der siechen Kranken und befürworten zugleich, das werdende Leben und das versiegende Leben zu töten. Es sei nicht lebenswert. Sie kennen nicht das Entsetzen vor sich selbst, belügen sich selbst. Michel entschloss sich, zum Hergang der Tat vor Gericht zu schweigen. Das Gericht

stellte mit Erstaunen fest, dass Michel kein Landstreicher, sondern Doktor der Medizin war. Vier der Jugendlichen wiederholten die verabredete Anschuldigung gegen Michel, nur einer konnte sich an das Geschehen nicht erinnern. Die Verhandlung wurde vertagt.
Der Staatsanwalt suchte Michel im Gefängnis auf. Er hatte Zweifel an der selbstverfassten Anklage. Er bat Michel:
„Schildern Sie mir bitte wahrheitsgemäß den Vorgang!"
Michel erklärte:
„Sie verstehen mich nicht. Ich habe Durst nach Gerechtigkeit und kann meine Zweifel gegen die menschliche Gerechtigkeit nicht überwinden. Die schwarzen Kräfte verschlingen stets die hellen. Nur der Geist der Wahrheit verkündet uns erlösendes Wissen. Ich war in allen Situationen stets bemüht, gut und gerecht zu wirken. Ich war sogar bereit, mein Leben dafür hinzugeben. Als ich am Boden lag und die Jungen auf mich einschlugen, erfuhr ich mystische Erleuchtung. Ich fühlte mich so, als ob ich ans Kreuz geschlagen würde. Ich empfand die Selbstvergottung als Einheitsgefühl mit dem Auserwählten. Auf

einmal hatte ich Teilhabe an meinem Leid und versenkte mich gleichzeitig in das Tun meiner Peiniger. Ich empfand Freude und Gehobenheit und verstand sie und ihre Gefühle.
In meiner Überstiegenheit war ich Jesu selbst, verstehen Sie, ich war das Wunder der Liebe, ich verstand sie und verzieh ihnen. Ich fühlte den gelebten Augenblick, das Moment von Identifikation und Ewigkeit. Ich war
verwandelt und verstand, dass das Hier und Jetzt der unerfüllte Anfang einer neuen Weltordnung ist. Es ist die Hingabe an die verzeihende Liebe. Ich wollte schreien, doch da holten mich die Ärzte aus meinem Erleben heraus. Sehen Sie, Herr Staatsanwalt, zurzeit tobt ein Krieg. Viele Menschen verlieren ihre Heimat, ihr Hab und Gut und manche gar ihr Leben. Ursache ist, dass zwei mächtige Staaten um die Vormacht auf der Erde kämpfen. Sie sind überzeugt, die Wahrheit zu besitzen wie seinerzeit die Christen. Sie initiieren Revolutionen, verhängen Sanktionen, überfallen den Nachbarn, foltern und töten. Sie unterwerfen beidseitig Völker, die auf ihre Selbstbestimmung, auf Menschenrechte und Freiheit pochen. Beide Seiten agieren im

Widerspruch zu ihren deklarierten Werten, mobilisieren die Massen, belügen sie und propagieren Lügen. Die Menschen werden nicht befragt, die Bevölkerung glaubt ihnen, ergreift Partei und nimmt alle Restriktionen in Kauf. Wo ist die Wahrheit?"
Der Staatsanwalt erhob sich und bemerkte im Hinausgehen im spöttischen Ton:
„Sie sind ein Fantast!"
Am zweiten Tag der Gerichtsverhandlung stellte der Verteidiger von Michel eine präsente Zeugin. Es war die alte Frau, die den Überfall auf Michel beobachtet hatte. Sie schilderte den Vorgang umständlich und langatmig. Zwei Zeugen bestätigten ihre Aussage. Michel wurde freigesprochen. Er hatte es eilig. Am nächsten Tag nahm er das Wandern wieder auf und trat den Weg zur Heimat an. Er erreichte Puchberg und fragte sich nach einer billigen Übernachtungsmöglichkeit durch.
Es war ein Bauernhof. Die Bäuerin stand vor dem Tor und begrüßte ihn mit den Worten:
„Ihre Kleidung ist schmutzig, sie muss gewaschen werden. Ein Bad täte Ihnen auch gut. Wieviel Nächte wollen Sie bleiben?"
Er antwortete:

„Drei Nächte."
Sie eröffnete ihm, dass er Glück habe. Sie habe noch ein Zimmer frei, ein Knecht habe gekündigt.
„Das Zimmer ist nicht erster Klasse, sehr einfach, aber gut für Sie. Das Frühstück ist um sieben Uhr in der Küche. Seien Sie pünktlich. Woher kommen Sie eigentlich und wohin wollen Sie?"
„Das ist eine lange Geschichte. Ich kann nicht erzählen, was ich erlebt habe. Ich gebe Ihnen aber mein Tagebuch, ich habe es sorgfältig geführt. Dort ist aufgezeichnet, was Sie wissen wollen."
Sie war einverstanden.
Michel erschien zum Frühstück pünktlich. Eine Magd bediente, er grüßte und setzte sich an einen Tisch zu drei Knechten. Lisbeth erschien und ließ sich ihm gegenüber nieder. Sie führte das Gespräch, es gab keinen Zweifel, dass sie die Chefin war. Sie fragte Michel auch sofort:
„Welchen Beruf haben Sie ausgeübt?"
Er antwortete einsilbig:
„Arzt."
 Die Knechte horchten auf, sie aber blieb

unbeeindruckt:
„Ich dachte mir so etwas ähnliches. Ich habe die halbe Nacht bei Kerzenlicht ihr Tagebuch gelesen. Ich fand es spannend, konnte mich nicht davon lösen. Aber es fehlen Zärtlichkeiten, Küsse und Komplimente. Kennen Sie das nicht?"
Er starrte sie an und war über ihre Direktheit erstaunt. Nach Sekunden des Schweigens antwortete er:
„Nein, ich kenne das nicht. Nur von Träumen."
Sie konnte einen Lacher nicht unterdrücken. Ihr Gesicht entspannte sich und sie erkundigte sich:
„Wann wollen Sie weiterwandern und wohin?"
„In zwei Tagen. Wenn ich Glück habe, werde ich in drei Wochen zu Hause sein."
„Welche Route wählen Sie?"
„Über den Schneeberg. Sie ist die kürzeste."
„Da rate ich Ihnen davon ab. Der Wetterdienst hat Sturm, Frost, Hagel und Schnee gemeldet. Die Zahnradbahn fährt nicht mehr. Nehmen Sie den längeren Weg um den Schneeberg herum. Er ist unter diesen Umständen der

kürzeste".

Michel ließ sich nicht belehren. Er genoss den Ruhetag und brach in aller Frühe wie geplant auf. Er merkte bald, dass er sich übernommen hatte. Er schritt nicht gemächlich, sondern hetzte. Doch der Berg forderte seinen Tribut. Sein Blut pulsierte, er schwitzte, seine Kräfte ließen beim Bergaufsteigen nach. Es zogen Wolken auf, Fallwinde drückten in das Tal. Sturmböen peitschten ihm ins Gesicht, Hagel und Schnee nahmen ihm die Sicht. Er verlor die Orientierung. Seine Hände und Füße wurden eisig, er wollte umkehren, aber fand sich nicht zurecht. Er versuchte, Hilfe zu rufen, brachte aber nur klägliche Laute heraus. Er fand zwischen zwei Felsen etwas Schutz, konnte sich aber nicht bewegen, weil seine Kleidung zu Eis gefroren war. Müdigkeit überfiel ihn, er wollte schlafen, wehrte sich aber dagegen. Er raffte sich auf, taumelte, fiel hin und hatte keinen Willen mehr. Schnee bedeckte ihn und ein wohliges Gefühl ergriff Besitz von ihm. Er hörte, wie Mummy ihm zurief, nur Mut, nur Mut, Du schaffst es. Sie kam ihm mit einem silbernen Mantel entgegen und küsste ihn. Glücksgefühle durchströmten ihn,

er kuschelte sich an sie und hatte dabei die Vorstellung, so soll es immer bleiben.
Lisbeth hatte am Morgen des Abreisetages von Michel den Berg sorgenvoll beobachtet. Es war noch nicht die Mittagszeit, als sie das Unwetter kommen sah. Wolken verfinsterten den Tag, der Wind wurde zum Sturm, eisiger Schnee nahm die Sicht. Sie ließ ein Pferd
satteln und ritt den Berg hinauf. Sie tat es aus Gefühlen, über die sie sich keine Rechenschaft ablegte. Sie suchte ihn über Stunden, spähte jede Ecke ab, trotzte Blitz und Donner. Dann sah sie ein Bein aus dem Schnee ragen, sprang erregt aus dem Sattel und grub Michel mit bloßen Händen aus dem Schnee. Er war
bewusstlos. Sie bugsierte ihn mit viel Mühe auf das Pferd und ritt mit ihm zum Gehöft. Sie entkleidete ihn, legte ihn in warmes Wasser und rief einen Arzt. Es dauerte vier Monate, in denen Michel das Gehen und Greifen übte. Der Frühling kam und weckte die Natur aus ihrem Winterschlaf. Lisbeth hatte ihn die ganze Zeit umsorgt. Er nahm sie in sich auf, bewunderte ihre anmutigen Bewegungen, verfolgte sie mit den Augen und erkannte ihre heimliche und keusche Schönheit.

Er bewunderte ihre Haare, ihre Augen und wie sie sich bescheiden und doch raffiniert kleidete. Sie war sich offensichtlich nicht bewusst, wieviel Leidenschaft sie bei Männern wecken konnte. Sie sprach einfach und verständlich und blieb sich in allen Dingen treu. So führte sie ein arbeitsames Leben, ohne sich darüber zu beklagen. Sie war verheiratet, erwähnte aber ihren Ehemann nie mit einem Wort. Michel schenkte ihr Kleinigkeiten, die er sich auf seiner Wanderung erworben hatte. Sie nahm sie ohne Abwehr in Empfang und sagte nur:
„Warum tun Sie das?" Und lächelte.
Er erwiderte ihr Lächeln, antwortete nicht und schaute sie nur an.
An einem späten Frühlingsabend betrat sie sein Zimmer. Er lag im Bett. Sie ließ sich auf seiner Bettkante nieder und sagte:
„Und wenn er wiederkommt, wird er mich schlagen und mich nötigen, ihm zu Willen zu sein."
Sie sagte es ohne Emotion. Er fühlte ihre Traurigkeit. Er setzte sich auf und umarmte sie. Da brach es aus ihr heraus. Sie weinte hemmungslos. Er war überrascht von ihrem

Gefühlsausbruch und wusste nicht, wie er sich verhalten sollte. Dann streichelte und küsste er sie ohne Worte. Sie erhob sich. War er zu weit gegangen? Sie warf ihre Kleidung ab und glitt zu ihm ins Bett. Sie küsste ihn wild und hauchte ihm ins Ohr:
„Ich will ein Kind von Dir, er ist infertil.
Mehr nicht, ich stelle keine Forderungen."
Nach dem Akt öffnete sie sich und erzählte von ihrem Leben:
„Mein Vater hielt sehr viel von seinem Oberknecht. Papa war in seinem letzten halben Jahr dement und sehr herrisch. Als mein Vater auf dem Totenbett lag, nahm er mir das Versprechen ab, den Oberknecht zu heiraten. Ich war damals siebzehn Jahre alt, liebte einen anderen Jungen, aber gehorchte. Ich ehelichte den Oberknecht aus Pflichtgefühl. Ich bereue es, aber er lässt sich nicht scheiden. Er ist ein Tyrann."
Die Mahlzeiten gestalteten sich wie immer. Keiner merkte, dass Lisbeth ausgelassen und vergnügt war. Sie trällerte und sang Schlager. Der Oberknecht und Ehemann
wollte von Michel wissen, ob er am Sonntag nach der Kirche mit ins Wirtshaus komme.

Es sei schließlich ein Feiertag. Michel sagte zu. Im Gasthaus tranken die beiden Wein und wurden gesprächig. Der Oberknecht klagte:
„Lisbeth ist hinterhältig, kalt und abweisend. Ich habe sie nach dem Tode ihres Vaters geheiratet, sie ist Alleinerbin des Hofes.
Manche bösen Mäuler behaupten, ich hätte sie nur deswegen geheiratet. Sie betrügt mich in Gedanken. Ihr ehemaliger Liebster hat eine andere geheiratet, doch sie hängt noch immer an ihrer ersten Liebe. Wenn ich mit ihr schlafe, denkt sie an ihn. Das weiß ich. Eine Zeit lang habe ich eine Detektei beauftragt, ihr Untreue nachzuweisen. Die Detektive konnten keine Beweise vorlegen. Ich habe mich damit abgefunden. Mein Leben ist nicht schlecht, wenn sie nur mich als Ehemann akzeptieren könnte."
Michel kam eines Tages nicht zum Frühstück. Einer fragte:
„Wo ist Michel?"
Keiner wusste es, Lisbeth ahnte es und hüllte sich in Schweigen.
Michel hatte seine Sachen gepackt und war am frühen Morgen leise und heimlich aus dem Hause geschlichen. Er wollte nicht der

heimliche Geliebte der Frau eines anderen sein. Nach zwei Kilometern setzte er sich auf einen Stein. Gewissensbisse plagten ihn.

„Durfte ich Lisbeth ohne ihr etwas zu sagen und ohne Abschied verlassen? Bin ich wie ein Straßenköter, der eine Hündin an der nächsten Ecke bespringt? War es richtig, einen Ehebruch zu begehen? Bin ich ein Räuber, der sich den Schatz einer Familie ungesehen aneignet?"

Er stand auf und ging traumwandlerisch den Weg nach Puchberg zurück. Er sträubte sich innerlich und überlegte, was er ihr sagen sollte. Sie aber stand im Garten ihres Anwesens hinter einem Gebüsch an der Straße. Sie sah ihn, rannte zu ihm, gab ihm ein Päckchen, küsste ihn und sagte: „Du kannst doch nicht den weiten Weg ohne Verpflegung gehen."

Drehte sich um und hastete zu ihrem Hof. Er war verdattert, sah ihre Tränen nicht und schlug den Weg zurück nach Deutschland ein. Er hielt öfter, überlegte, wen habe ich verletzt? Es war seine erste Liebe, die das Herz wie eine Nuss aufbricht, fehlerlos und unverfälscht ist.

Als Michel Deutschland betrat, kniete er nieder und dankte Gott. Spiel und Klang seiner

Kindheit verdichteten sich zur realen Utopie. Er hatte es geschafft, alle Konflikte schienen sich in Luft aufgelöst zu haben.
Er stand auf, denn er wollte keine Minute verstreichen lassen, um seinen Heimatort wieder zu sehen.

Die Zeit und seine Sehnsucht, geliebten Menschen zu begegnen, drängten ihn.
Er nahm seine Wanderung umgehend auf und war voller Erwartung. Er kaufte sich neue Kleidung und legte damit sein Outfit eines Vagabunden äußerlich ab. Er machte sich auf den Weg, war innerlich erleichtert vom Ausgang des Prozesses und gespannt, was ihn erwartete. Er wählte die kürzeste Strecke zu seinem Heimatort. Ab und zu überholten ihn Autos, er achtete nicht darauf. Er wurde stutzig, als er ein menschliches Stöhnen hörte. Er blieb stehen, schaute sich um und entdeckte einen Mann im Graben liegen. Er war grün gekleidet und neben ihm lag ein Gewehr. Michel hatte die Assoziation, er hat der unschuldigen Kreatur den Tod gebracht, jetzt hat seine Stunde geschlagen. Er näherte sich dem Mann und beugte sich zu ihm. Der

Jäger flüsterte:
„Ich habe den dritten Herzinfarkt, ich bitte dich, bring mich ins Elisabeth-Krankenhaus. Es ist nicht weit. Ich habe keine Kraft mehr."
Michel war orientiert. Er hatte in diesem Krankenhaus sein Arztpraktikum absolviert. Er stand auf, stellte sich an die rechte Straßenseite, winkte den Autofahrern, doch keiner hielt an. Michel gab auf. Der Jäger war ohnmächtig geworden. Michel warf sein Gepäck in den Graben und lud sich den Bewusstlosen im Huckepack auf. Nach einer kurzen Strecke keuchte er, seine Kräfte ließen nach, er taumelte, torkelte und stolperte vorwärts. Ihn bedrängten Ängste.
„Was, wenn der Mann stirbt und ihm vorgeworfen wird, er habe nicht das Richtige getan? Die Kiefern des Todes zermalmen alles, nur flüchtige Schatten vom Leben überdauern die Zeit. Die Last, die ich trage, hat Lebensangst und Todesfurcht. Was wird von ihm übrig bleiben? Wird er in die Hölle fahren, sie steht hinter ihm mit hungrigen Augen und gierigem Schlund. Hat er Zweifel an der göttlichen Gerechtigkeit?"
Michel war mit seinen Gedanken beim

Krankenhaus angelangt. Er wollte Hilfe holen, warf einen Blick auf den Jäger und erkannte, dass er tot war.

Er hetzte in Panik von diesem Ort und fand sich wieder an seinem Ausgangspunkt. Er sammelte seine Sachen auf und setzte sich danach auf das Gras.

Er dachte nach:

„Wir reden nicht vom Sterben. Des dicken Endes soll nicht gedacht werden. Aber nichts ist so finster wie der Hieb, der jeden fällt. Dunkelheit, Fäulnis, Würmer oder Asche werden verdrängt. Lust will Ewigkeit und deshalb ist Unsterblichkeit des Glaubens liebstes Kind. Kein Mensch weiß, ob der Lebensprozess eine wie immer geartete Verwandlung erfährt. Alle Generationen haben sich Hoffnungsbilder gegen den Tod ersonnen. Die Griechen, die Ägypter, die Araber, die Juden und die Christen. Und haben sich so mit dem Tod versöhnt. Durch Schweigen. Wir glauben an die Auferstehungshoffnung, an einen neuen Tag und an ein neues Ufer. Die Last, die ich trug, hatte Lebensangst und Todesfurcht. Wird er die Reise zum Paradies antreten? Oder wird er in die Hölle fahren,

sie steht hinter ihm mit hungrigen Augen und gierigen Schlund. Hatte er Zweifel an der göttlichen Gerechtigkeit?
War auch ich ein Getäuschter?
Wollte ich nicht zum unbekannten Strand, wollte ich nicht in das unbekannte Land, um das goldene Vlies zu finden?
Ich stand öfter vor dem Abgrund, zwischen Leben und Tod, zwischen Geburt und Sterben und glaubte nur dem Frühling, der Lebensfülle, der Lebensfreude. Nun werde ich einem anderen Schicksal konfrontiert und begreife, ich trage den Tod mit mir und weiß nicht, wann er zuschlägt und wohin die Reise geht. Die Kiefern des Todes zermalmen alles, nur flüchtige Schatten bleiben von uns. Die Wahrheit ist: Ich bin mit dem Tod gegangen, er war ständig anwesend und ich habe ihn nicht gesehen. War ich blind?
Seine präsente Gegenwart war geeignet, den Sinn meines eigentlichen Seins zu begreifen. Ich erkannte ihn nicht. Der Mensch ist immer weniger, als er von sich träumen kann. Meine Existenz ist das ganze Sein, das dem Weltsein gegenübersteht. Mein Sosein ist der dunkle Grund unserer Selbst, den wir nicht kennen.

Es ist das Innerste des Inneren. Es ist frei und verwirklicht sich nur im Tun. Was mir begegnet ist, war situationsbedingt und ich habe mich im Augenblick falsch entschieden, als ich entführt wurde. Oder war es anders?
Es war der unverarbeitete Druck meiner Kindheit, die Trauminhalte eines kleinen Jungen, der höher hinaus wollte, als im Buch des Lebens ihm vorgeschrieben war. Ich bin nicht in die Geschichte eingegangen, Geschichtlichkeit ist die Einheit von Zeit und Ewigkeit, ist die Zeit in der Ewigkeit. Ich kann mich noch zurücknehmen, noch anders entscheiden und habe die Träume meiner Kindheit als Illusion erkannt."
Das Erlebte blieb in seinen Gedanken haften. Plötzlich hatte er auf der Straße zu seinem Elternhaus die Idee, ich habe mich nur abgeplagt und komme ohne Schätze, ohne Gold, ohne Zauberstab in die Heimat zurück? Sterbenskrank an Leib und Seele, ein Ausgestoßener? Wie groß wird die Enttäuschung der Familie sein, was erwarten sie? Und sagte zu sich: Oh alter Adam, wie denkst du, lieben sie dich? Die letzten Meter fuhr er mit dem Taxi zu seinem Heimatdorf.

Er ging durch die vertrauten Straßen, stand vor seinem Elternhaus und überlegte:
„Soll ich eintreten und sagen, hier bin ich. Erkennt ihr mich? Vorgealtert, in Lumpen und müde. Er fürchtete Abweisung, Misstrauen und Ablehnung. Kinder spielten im Garten. Noch während er überlegte, kam eine alte Frau aus dem Haus. Sie war bucklig, hatte Schwierigkeiten beim Gehen und nahm Platz auf einer Sitzbank vor dem Haus. Michel näherte sich ihr. Die Frühlingssonne kam hinter ihrem Versteck aus einer Wolke heraus und tauchte die Greisin in helles Licht.
Er erkannte Mummy. Er lief auf sie zu, hielt atemlos vor ihr und konnte kein Wort vor Rührung sprechen. Er umarmte die Alte und konnte Tränen nicht zurückhalten. Sie war klein und schwach, sie fühlte ihn und flüsterte mit letzter Kraft:
„Michel, mein Michel, mein Junge, wie gut, dass Du da bist. Ich habe Dich hier Tag für Tag erwartet. Ich wusste, dass Du kommst."
Ihr Herz versagte aus Wiedersehensfreude, sie fiel auf die Erde und ihre Liebe, ihre Hoffnung und ihr Glaube nahmen Abschied vom Leben. Er brachte nur hervor:

„Mummy, Mummy, meine Mummy!"
Kniete sich zu ihr und weinte bitterlich.
Aus dem Garten kamen Kinder angerannt, blieben vor der Toten stehen und starrten sie und Michel abwechselnd an. Sie hatten gesehen, wie ihre Oma zusammengebrochen war. Sie betrachteten den fremden Mann kritisch. Die Schwägerin von Mummy, Anna, stürzte aus dem Haus, schaute Michel ungläubig an und fragte:
„Wer sind Sie?"
„Mama, erkennst Du mich nicht?"
„Nein, ich hatte einen Sohn, er hatte eine gewisse Ähnlichkeit mit Dir. Er wurde entführt, blieb verschollen und wir haben ihn vor zwei Jahren für tot erklären lassen."
„Aber ich lebe!"
„Zeige mir den kleinen Zeh des linken Fußes, er ist mit dem Ringzeh zusammengewachsen!"
Michel entledigte sich des Schuhs und des Sockens und Anna erbleichte.
„Michel, bist Du es?"
Er nickte bejahend, sie nahm ihn in ihre Arme und flüsterte:
„Welche Freude, welches Leid! Ich habe dich geboren, aber Du bist Mummys Kind.

Verzeihe mir!"

Männer trugen Mummy ins Haus, bahrten sie auf und erledigten die Formalitäten. Michel bekam ein Zimmer zugewiesen und berichtete in den folgenden Tagen, was er erlebt hatte. Ihm wurde vorgeschlagen, eine ärztliche Allgemeinpraxis zu eröffnen.

Er konnte sich nicht entscheiden, war mut- und antriebslos. Er verbrachte seine Zeit mit Spaziergängen durch die Felder.

Er trauerte um Mummy, erinnerte sich an Kindheitserlebnisse mit ihr, registrierte eine innere Unruhe bei sich und konnte sie nicht orten. Michel interessierte sich vor allem über die letzten Jahre von Mummy. Anna berichtete: „Wir ahnten, dass sie in Deine Entführung eingebunden war. Wir drangen darauf, dass sie ihr Wissen preisgab. Sie aber schwieg und wurde ein anderer Mensch. Sie isolierte sich, reiste viel und wir vermuteten, dass sie Dich sucht. Dann bekam sie Arthrose, brach sich die Hüfte, erblindete und war auf die Hilfe anderer angewiesen. Sie alterte sehr frühzeitig, ihre Kräfte ließen nach, sie wurde schwerhörig und sie hatte merkwürdige Ideen. Sie sprach nicht viel und wenn, dann berichtete sie, dass sie beraubt würde, dass sie in einem anderen Ort wohne, dass sie verfolgt würde. Ihr Körper verlor an Spannkraft und auch ihre geistigen. Sie vergaß vieles, konnte sich nicht orientieren, lebte in einer anderen Zeit. Sie fühlte sich überflüssig, sprach laut vor sich hin, setzte sich jeden Tag auf die Bank vor dem Haus und wartete auf Dich. Sie ging regelmäßig zur Kirche und zitierte Psalmen und hoffte, Dich noch einmal zu sehen und Deine Liebe zu spüren. Das war ihr einziger Wunsch, dann wollte sie sterben. Und so ist es auch gekommen."

An einem Frühlingstag ging Michel wie immer durch die Felder spazieren. Die Bauern brachten ihre erste Mahd ein, er beachtete sie nicht, hielt den Kopf auf die Erde gesenkt und erfreute sich nicht an den blühenden Wiesen und der lauen Luft. Er wurde aufgeschreckt von einem Knall. Er blickte auf und registrierte, dass ein Traktor mit einem Anhänger mit Heu beladen wurde. Eine Frau gabelte die Heuballen auf das Gefährt. Sie war schlank, kräftig und tat es mit Schwung. Es faszinierte ihn und er näherte sich dem Gespann über die Wiese.

Je näher er kam, umso mehr verdichtete sich bei ihm der Eindruck, dass es sich bei der Frau um Lisbeth handelte. Als er ihr nahe stand, lächelte sie ihn an. Sie fragte:
„Was kann ich für Sie tun?"
Er aber hatte sich überzeugt, dass es sich um Lisbeth handelte. Sie hatte braune Haare, strahlend blaue Augen, ein wohlgeformtes Gesicht, eine aufreizende Figur. Wie Lisbeth. Er sprach sie direkt an, machte keine Umschweife:
„Lisbeth, wie kommst Du hierher?
Suchst Du mich oder folgst Du mir?"
Sie lachte laut und herzlich:
„Haben Sie mich verwechselt?
Ich bin die Annegret vom Bauern Bärwinkel."
Er fixierte sie aufdringlich.
„Du kennst mich doch. Ich bin der Michel, der Dich verlassen hat. Ich habe bei Dir gewohnt. Verfolgst Du mich? Ich irre mich nicht."
„Ach gehen Sie. Ich kenne diese Anmache."
„Nein, Sie haben einen Bauernhof in Puchberg in Österreich. Sie haben mir das Leben gerettet. Wir liebten uns."
Sie wurde ernst.
„Hören Sie, ich kenne Sie nicht. Wir sind uns

nie begegnet. Habe ich so viel Ähnlichkeit mit Ihrer Verflossenen?"
Er trat einen Schritt näher und schaute sie prüfend an. In der Tat, sie war eine andere Person, sie war nicht Lisbeth. Er brachte verlegen hervor:
„Entschuldigen Sie, Sie sind jünger, ihre Augen haben ein stählernes blau, Ihre Haare sind blond. Ich habe mich vertan."
Da lachte sie wieder und sie gluckste:
„Das kann vorkommen, es ist nicht schlimm. Aber die Arbeit wartet auf mich. Es wird bald Regen geben. Ich bitte Sie, gehen Sie Ihrer Wege."
Er schüttelte seinen Kopf und entfernte sich langsam von ihrem geglaubten Ebenbilde fort. Die Gedanken wirbelten in ihm herum.
„Was ist mit mir los? War es ein Traumbild, ein Wunschbild oder eine Halluzination? Sie war mir wie ein leuchtender Stern, der in der Finsternis meiner Seele ein wenig Licht brachte. Ich weiß, dass der Zwiespalt zwischen Hoffnung und Wirklichkeit oft verwischt wird und das insbesondere, wenn der Träumende an seine Hoffnung fest glaubt. Sehnsüchte, Wünsche, Erwartungen und Hoffen entspringen

dem Geist der Utopie, gaukeln etwas vor, was nicht existiert. Jeder Mensch hat Tagträume. Wo der Mensch keine Erwartungen mehr hat, verliert er das Zukünftige. Sinn in die Zukunft gerichteter Hoffnung ist die gerade durchlebte, schreckliche Nacht des Augenblicks. Zu ihnen gehören die Hoffnungsbilder des Unabweisbaren, dem Tod. Stand ich nicht oft am Rande des Abgrunds? Wie bewältigte ich solche Krisen? Durch die Tat und nicht durch Denken. In unreflektierter Weise zog es mich hinaus in das quirlige Leben, in das Abenteuer, in die Ferne. Ich wollte ein anderer sein als ich bin. Wir leben nicht, um zu leben, wir leben, weil wir einen Sinn leben. Ich hatte nur Unsinn im Kopf, wollte das Schicksal meistern und das hieß Schöpfer absurder Ideen sein. Ich wollte aus Räuber anständige Bürger machen. Keiner hat sich das Leben ausgesucht, wir sind Geworfene im Sein und müssen es ausfüllen. Wir sind einfach da und dürfen nicht in der Leere verweilen."

Er ließ sich in das duftende Gras unter einem Baum fallen. Er betrachtete die Wolken über sich und überlegte lange Zeit, was ist der Sinn des Menschen. Er fand die Lösung nicht und

schlief ein. Im Schlaf lichteten sich seine Gedanken, wurden hell und klar. Das Leben ist berauschend, hat der Rausch einen Sinn? Da wurde vor seinen Augen gezeichnet, das Leben ist nur sinnvoll, wenn wir für Menschen, für Sachen oder für Ideen tätig werden und das ist die Gerechtigkeit der Schöpfung, dass jeder sich die Bedingungen seines zukünftigen Seins selber schafft.
Nur das ist der ewige unvergängliche Teil des Menschen, was ihn wahr, schön und gut macht.   Michel sprang auf, es regnete. Und er ergänzte aus eigener Kraft:
„Und dafür ist die Liebe das grundlegende Gefühl. Sie ist schöpferisch, auf die Zukunft gerichtet, freudvoll, beglückend, erbaulich, befriedigend."
Er war sich bewusst, dass er nicht stürmisch lieben konnte, aber verlässlich.
"Was ist daran neu? Nichts. Meine Ureltern, meine Großeltern waren bis zu ihrem Tode einander zugetan. Ich finde das auf einmal richtig. Auch ich will am Hergebrachten und Festgefügten festhalten. Hat es mit dem Alter zu tun oder hat es mit der Ausstrahlung einer Frau zu tun? Oder versagt mein Gehirn?

Was habe ich mir vom Leben erhofft? Macht, Geltung, Erfolg, Reichtum? Nichts davon hat sich verwirklicht, nur heimliche Liebe. Und nun? Wie eine Fata Morgana, die plötzlich aus dem Nichts vor meinen Augen steht, wünsche ich mir einen Menschen, eine gemeinsame Zukunft, Kinder und Zufriedenheit. Darin sehe ich mein Werden und Vergehen, mein geistiges Überleben, es drängt mich alles zu Lisbeth hin. Das ist der Grundstein der Zukunft, das ist das Ziel meines Lebens. Ist es der Körper, der mich treibt, die Ergänzung meines Wesens, die Vollendung meines Seins? Egal, ich liebe sie und kann Liebe noch nicht einmal definieren. Was ist eigentlich Liebe? Liebe ich Lisbeth?"
Er blieb stehen und dachte nach.
„Liebe ist Lust und Leiden zugleich und entzieht sich rationaler Erklärung. Sie hängt mit dem Selbsterhaltungstrieb zusammen und äußert sich in Zuneigung, Zärtlichkeit und Sympathie. Sie verlangt nach körperlicher Lust und ist nicht die Verheißung lebenslangen Glücks. Sie macht glücklich und unglücklich, wenn wir abgewiesen werden. Es ist ein Zustand, in dem die Welt und Ich, Reales

und Ideales, Bewusstes und Unbewusstes in Harmonie erscheinen. Keiner kann ohne den anderen leben, weil Mensch und Tier getrieben werden vom unbewussten Willen zum Leben. Nur die Liebe ist fähig, sich von Egoismen zu befreien, sie bindet sich selbstlos. Ohne Liebe finden wir nicht zum Lebenssinn und inneren Frieden? Nein, ich muss Realität werden. Ich werde um Lisbeth werben, sie nicht mehr verlassen und sie nicht mehr einem anderen überlassen. Ich muss aktiv werden und darf nicht resignieren."
Bei diesen Gedanken stieg Angst in ihm auf, es war das Gefühl, das irgendetwas mit ihm nicht stimmte. War er das Bäumlein, das andere Blätter wollte? Ein solcher Wunsch ist unter Menschen zahlreich, doch sie verharren im Gewohnten und bloß als gewohnt Bedingenden. Er musste raus aus der halbdunklen, beklemmenden Stube der Anverwandten, wo sie geistliche Lieder sangen inmitten der bunten Märchenpracht des Herbstes, blind für den Glanz des Lichts. Er fühlte sich entfernt von ihnen und im Bund mit der Sonne, den Sternen und den segelnden Wolken. Michel ging erhobenen Hauptes

zu seinem Herkunftshaus zurück. Die Enkel empfingen ihn, plapperten lustig drauflos und wollten mit ihm spielen. Sie fühlten, dass sich der Onkel verändert hatte und äußerten unbedacht:

„Mama und Papa behaupten, dass Du uns auf der Tasche liegst und hast einen so schönen Beruf!"

Michel ging auf, dass die Verwandten seine augenblickliche seelische Verfassung nicht verstanden. Er hatte zuvor ihre Erwartungen und Forderungen gespürt, war sich aber seines Gefühls nicht sicher. Er erkannte die Ursache, warum er sich fremd in dieser Familie fühlte. In Tag- und Nacht- Träumen näherte sich ihm wie aus dem Nebel eine Frau, formte sich zu Lisbeth und überflutete ihn mit Sehnsucht. Ein anderer Mann stand zwischen ihm und Lisbeth. Und er hatte sich nicht entscheiden können, sie an sich binden zu können.

Er deutete seine Vorstellung, dass er ohne Liebe zwar leben könne, aber dann unglücklich wäre. Aus heiterem Himmel teilte er an einem Abend seiner Familie mit, dass er demnächst fortfahren werde. Mehr nicht. Er kaufte sich eine Fahrkarte nach Puchberg und nahm sich dort ein Taxi. Kurz vor seinem Ziel stiegen in ihm Zweifel auf. Er war ein vierzigjähriger Mann und reflektierte, ob er nicht übereilt gehandelt habe.

„Was, wenn sie mich vergessen hat, was, wenn sie mich nicht sehen will, was, wenn sie einen anderen Mann hat, was, wenn sie sich mit ihrem Mann versöhnt hat? Was, wenn sich der Traum meiner Liebe erfüllt, wird er es ewig bleiben?

Wird die Liebe nicht zu Grabe getragen, so wie der des Jägers Leib, den ich gefunden habe. Der Tod beendet nicht die Liebe, so doch dasjenige, was für sie sichtbar und lebendig war. Gold glänzt, aber seine Zeit ist vorüber. Und im Nachhinein stellt sich ein Nachbild von Liebe ein als erfüllte und nicht erfüllte Vision. Was hoffe ich? Es gibt keine Hoffnung ohne Angst und keine Angst ohne Hoffnung. Sie erhalten sich schwebend und sind möglicherweise ein trügerisches Irrlicht."

Dann wiederum ließ er Gegenargumente zu:
„ Die Menschen sollten nur auf das hören, was zum Herzen spricht! Die Wahrheit ist das, was das Denken in seiner Freiheit hervorbringt.

Bekenne dich zu deinem Schicksal! Nur wer seine Situation erkennt, kann zur Freiheit und Heiterkeit des Geistes erlangen!"
Er ließ das Taxi halten und ging langsam und zaudernd die kurze Strecke zum Hof von Lisbeth. Je näher er seinem Ziel kam, umso mehr beschleunigte er unbewusst seine Schritte, schob alle Zweifel beiseite und rannte die letzten Meter bis zu ihrem Hause. Lisbeth stand vor dem Tor und wartete auf Post von ihm. Sie erkannte ihn von weitem und hastete ihm entgegen. Beide fielen sich in die Arme, lachten und weinten und sie schluchzte unter Tränen:

„Ich liebe Dich, ich habe Dich seit Wochen erwartet. Ich bin geschieden, ich bin frei für Dich. In einem Monat wird unser Kind geboren. Für Deine Praxis habe ich Räume in unserem Haus reserviert."
Michel fühlte sich frei, glücklich und aufgehoben in der fremden, neuen Heimat und bei ihr. Glück und Schicksal hatten sich vereinigt.

Das Bächlein vor dem Haus plätscherte,
die Erde wärmte, der Abendwind kühlte
und beide wussten nicht,
was der nächste Tag Ihnen bringen würde.

Bisher sind vom Autor erschienen:

Siegfried Binder
Legenden um die Liebe
2014 Verlag: edition Fischer
ISBN 978-3-8645-5928-0

Siegfried Binder
Leidenschaft schafft Leiden
2015 Verlag: BoD, Norderstedt
ISBN 978-3-7347- 6310-0

Siegfried Binder
Bilki- Geschichten von dem Mädchen Bilki
2015 Verlag: BoD, Norderstedt
ISBN 978-3-7386- 2764- 0

Siegfried Binder
Judiths Tränen
2016 Verlag: BoD, Norderstedt
ISBN 978- 3 – 7412- 2691- 5

Siegfried Binder
Wege durch die Finsternis
2016 Verlag:BoD, Norderstedt
ISBN 978-3- 7392- 3900- 2

Siegfried Binder
Gefangen im Netz der Macht
2018 Verlag: twentysix Random House
ISBN 978-3-7407-3048-2

Siegfried Binder
Tödliche Gifte
2018 Verlag: twentysix Random House
ISBN 978-3-7407-4422-9

Siegfried Binder
Die Geburt der Zukunft
2019 Verlag: twentysix Random House
ISBN 978-3-7407-5468-6

Siegfried Binder
Abwege der Liebe
2020 Verlag: twentysix Random House
ISBN 978-3-7407-5064-0

Siegfried Binder
Schattenbilder
2020 Verlag:twentysix Random House
ISBN 978-3-7407-6374-9

Siegfried Binder
Schicksalsfluchten
2021 Verlag:twentysix Random House
ISBN 978- 3740- 7806-16

Siegfried Binder
Verschwiegen und geheim
2022 Verlag: twentysix Random House
ISBN 978-3-7407-1218-1